神の名前

髙橋克典

未知谷

目次

神の名前

「汝の右手は左手のなすところを知らず」　開高健『オーパ、オーパ!』より若い男が盛んに〝列へ並ぶ〟よう促すのですが、私にはその行列の最後がどこなのかわからなかったものですから、その場から動くことはしませんでした。いえ、並んでみたい気持ちはあったのです。ただ、うんざりするほどの長蛇で、だれもがいまか今かと自分の順番を待っていることは明白でした。正月気分も抜けた一月半ばの午後のことで、上野公園はとても寒かったのです。

その列というのは、ホームレスを対象とした炊き出しだとわかっていました。といっても雑炊とかおにぎりではなく、列についた者にはスーパーのレジ袋のような白いビニール袋が配られていて、それを受け取った人たちの様子からすると、どうやら中には菓子パンやペットボトルなどの飲み物が入っているようでした。たぶん定期的に行なわれている宗教団体の慈善活動なのでしょう。教祖らしき中年の女が祈るような仕草をくり返し、おそらく韓国語だと思うのですが、その教えを説く声がスピーカーからけたたましく流れてくるなかを、ゆっくりと列は進んでいきます。その列を秩序だって整える役割の若者とは別に、教祖らしき女を取り囲むようにして立つ若者たちがいて、彼らが列に並んだ者たちへビニール袋を一つずつ手渡してゆくのでした。

その袋を受け取ると、また並び直す者がほとんどで、行列はちっとも短くならないのです。私はいつ果てるともしれない列の連環を遠巻きに、呆けたように眺めていたところ、いきなり背後から肩を叩かれたのです。怯えて振り返えると、

「あなたはなぜ、列につこうとしないのですか」

さっきまで集団の中心にいたはずのあの女が立っていて、私に日本語でそう問いかけてきたのです。なにしろいきなりのことだったものですから、どう答えてよいやら、口ごもっておりましたところ、女はなぜ列につかないのかともう一度くり返し、たぶん同じ意味だと思うのですが、さらに韓国語で詰め寄ってきたのです。

「あっ、おれ、ちがうんです。おれはそういうんじゃないので……」

咄嗟に出た言葉で、他意はありませんでした。けれど女は険しい顔つきで、

「なにがちがうのですか。あなたとあの人々と、どこがどうちがうのか、わたしに説明してください」

私は恥ずかしいくらいに狼狽してしまい、

「知らないんです、おれは……神の名前を」

信仰を持っていない——くらいの意味です。ただその場をなんとか凌ごうと思っただけのことなのですが、女の表情が一変しまして、

「知らないのではなく、思い出せないのでしょう」

哀れむように言い、私はその女から件《くだん》のビニール袋を渡されたのでした。

「ふーん、それで袋の中身は何だっただや」

その日の夜に実家の母親から電話がありましたものですから、私は上野公園での一部始終を話して聞かせました。

「アンパン一個と缶コーヒーの温かいやつ、どっちも甘いから口直しのつもりか、塩せんべいが一枚入ってた」

「それだけかい。わずかなもんだな」

「ところがせ、入っていたのはそれだけじゃなかっただよ」

最初は気がつきませんでしたが、袋からアンパンを取り出し、ほかの中身を詮索していると、指先に固い金属らしきものの感触があり、握り取って掌を開いてみれば、それは五百円玉だったのです。

「ほう。みんなに五百円ずつ現金で配るとなれば、そりゃ結構な金額になるわな」

観察したところでは、幾種類もの菓子パンが入った袋をもらっている者もいて、配布された

すべての袋に五百円玉がしのばせてあったとは思えません。

「だったらおまえがよっぽどみすぼらしく見えただわ。おまえ、ホームレスと見分けがつかんような格好だったたってことずら」

ヘラヘラ笑う母親の声が電話口から聞こえ、私はなんだかホッとしたのも束の間、

「お父さんが話したいっていうから、いま替わるで」

「いや、替わらんでいいから。別に話もないし——」

なんだか疲れておりまして、父親と話すのは面倒な気分でした。でもすぐに電話口から、

「そっちに話がなくても、こっちにはあるだ」

私の言い草が父親には聞こえていたようで、

「アンパンと五百円玉がどうしたって」

「どうもしねえせ。今日、上野公園でめずらしい経験をしたって話を、おふくろに聞かせてただいね」

「五百円もらってよろこんでるようじゃ、らちは開かんぞ。仕事はどうだや、小説は書いているのか」

「ああ、まあね。原稿は書いてるよ」

「そりゃそうだわな。小説家になるって、この家を出て行っただでな」

父親はそう皮肉っぽく言ったあと、どんな原稿を書いているのか、金になるのかと、矢継ぎ

早に質問してくるのでした。

「童話みたいなものを頼まれて、書いてる。クライアントが気に入れば物語は買ってもらえるが、ダメなら金にはならんよ」

「クライアントって、なんだ。出版社のことか」

「ちがう。オレの原稿を買い取ってくれる人間せ」

要するにおまえは他人の原稿を書いているということかと父親が念を押しますもので、私はきっぱりそうだと答えました。ゴーストライターです。私の場合は出版社や編集者を通さずに、著者本人と直接に物語の売り買いをすることがほとんどなのです。

「そんなもんで食っていけてるだかや。おまえ、自分の小説は書かないのか——」

これ以上話していると、いつものように不毛な口論に発展するのはわかっていましたので、

「まあ、とにかくせ、何とかやってるで。一段落したら、また帰るでね」

「正月に帰ってきたばっかだろう。それより仕事しろよ。童話でもなんでも、気に入ってもらえるように書けや」

「わかった、わかった。もう一回おふくろと替わりましょ」

このあたりが父と私との限界点です。と、そのときでした。

「おう、それよりさ、例のあれはどうなっただや」

忘れていなかったのです。私は子ども時分に父親から嘘を見抜かれたときのようにビクッと

なり、動揺していることを気取られぬよう、

「あれをどうするかは、まだいろいろと検討してる最中だ。それはおれに任せて、とにかくおふくろと替わりましょ」

なんとか逃げ切った格好です。


再び電話口におふくろが出たものですから、

「あのあと、天井裏の様子はどうだい」

正月に帰省したとき、夜中に天井裏を何かが走りまわる音を何度も聞きました。なにせ古い家のことですからネズミくらいはいるのでしょうが、ネズミにしては凄い音で、私は気になっておりました。

「ラッキーが急に天井を見上げて吠えることが多くなったで、やっぱり何者かいるわな」

ラッキーというのは、両親が長男である私にひと言の相談もなくもらってきたロングコートチワワで、家の中で飼い始めてもう十年以上になるでしょうか。私が帰省するたびに吠えつきますから、私のことが嫌いなのでしょう。お互いさま、私だって好きじゃありません。

「まあ、今度帰ったとき、おれが天井裏へ上がってみるで、しとっきら（しばらく）辛抱しましょ」

「ああ、こっちのことは心配しなくていいから、ホームレスと間違えられないように、しっ

かりやりましょ」

そう言って母親の電話は切れました。

アナスタシアとドリゼラ

田舎町に暮らす仲の良いふたりの若い娘、アナスタシアとドリゼラは、ラーキンさんの縫製工場でお針子として働いている。赤い髪を首筋あたりで短くまとめているドリゼラは、思ったことを何でもはっきりと口に出すため、勝ち気な娘のように思われている。栗色の髪を肩まで伸ばしているアナスタシアは、ふっくらとやさしい面立ちで、だれからも好かれる娘だ。雇い主のラーキンさんはとても仕事にきびしい人で、だからふたりは毎日気が抜けない。ことにドリゼラは、いまの仕事があまり好きではない。

「いつかきっとわたしの〝いい人〟が現れるわ。その人はわたしに言ってくれるの。こんな場所はおまえに似合わないよ、おまえは特別な娘なんだからって、ね。そうしたら迷わず仕事をやめて、この町からも出て行けるわ」

それがドリゼラの口癖だった。

「夢みたいな話だって思ってるでしょ、アナ。でもね、そんなことでも起きなければ、わたしもあなたも一生ラーキンさんに怒鳴られながら、この町で暮らさなくちゃならないのよ」

たしかにラーキンさんは口うるさいけれど、アナスタシアはこの仕事が気に入っている。家計を助けるためにもう少しだけお給料を上げてもらえたらとは思うけれど、お針子の仕事をやめるつもりはないし、やめることはできない。ただそんなアナスタシアにしても、一生ラーキンさんの縫製工場で働き、このまま年老いていくことは、やはり耐え難いことのように思えた。

「そうね、ドリゼラ。あなたにはきっといつか、あなたのことを〝特別〟だと言ってくれる人が現れるわ」

「いいのよ、アナ。わかっているの。そんな人がいるはずないってことは。でもね、いつかどうしてもラーキンさんにこう言ってやりたいの――やめさせていただきます。もう、うんざりなんです、ここの仕事にも、あなたの怒鳴り声にも――ってね」

頬をふくらませながらそう言ってみせるドリゼラに、

「あきらめるなんて、あなたらしくないわ。信じて待てば、必ずめぐりあえるはずよ、あなたの〝いい人〟に。そのときはもう、だれもあなたをこの町へ引き留めることなんてできやしないわ」

ドリゼラはため息を吐きながら、

「そうだといいんだけれど……。でもきっとラーキンさんは、鼻の下の髭を右手の人差し指で撫でながら、こう言うに決まっているわ――ドリゼラ、おまえって娘は、世の中のことがまるでわかっていないんだな――」

その仕草と口真似があまりにも似ているものだから、アナスタシアはおかしくて吹き出してしまう。ふたりは仕事が終わるといつもこんなふうにお喋りをしながら、ゆっくりと帰り支度をする。それでも喋り足りないときは、どちらかがどちらかの家まで送っていくこともしばしばだ。

アナスタシアは、ドリゼラにそんな人が本当に現れればいいと、そう願っているが、それでドリゼラがこの町からいなくなってしまうことを考えると怖くなって、その人とドリゼラがめぐり合うのは、できるだけ先であって欲しいと思ったりもする。


ある日の午後のこと。仕事を終えたふたりは、ドリゼラの父親が修理に出した半《はん》長靴《ちょうか》を受け取るため、セイドルフさんの店へ寄り道して行くことになった。そこはこの町でただ一軒の雑貨店で、じつはアナスタシアもセイドルフさんに頼んでいたものがあった。

「やあ、可愛いふたりの娘さんたち、元気かね」

顔中が髭だらけのセイドルフさんは、やさしい笑顔でふたりを店内へと迎え入れた。

「お父さんの靴の修理は出来上がっているよ、ドリゼラ。どんなに乱暴に履いても、これでまた五年は大丈夫だからって、お父さんへそう伝えておくれ。お代は三ルーブリと十五コペイカだが、三ルーブリ丁度でいいよ。十五コペイカはおまけだ」

「ありがとう、セイドルフさん。父さんも丁度三ルーブリしか持たせてくれなかったわ。わたしが、もしお代が足りなかったらどうするのって聞いたら、セイドルフさんは人がいいから、おまえが頼めばきっと負けてくれるさって父さんが言っていたけれど、本当はわたし、少し疑っていたのよ」

「おまえのお父さんの言うことは本当さ。そのことでうちの奥さんと喧嘩になるくらい、私は気前のいい人間なんだ」

セイドルフさんはふたりを笑わせたあと、

「そうだった、アナスタシア、おまえさんから頼まれた物も、ちゃんと手に入れておいたんだ」

そう言うと店の棚から小箱を取り出し、アナスタシアに差し出した。彼女がその小箱の蓋を開けると、中には生地を裁断するための裁ち鋏が入っていたのだった。

「新品じゃないが、とても丁寧に使い込まれた、いい品だ。これで八ルーブリはお買い得だと思うんだがねえ」

アナスタシアはその裁ち鋏を手に取ると、ためつすがめつしながら、じっくりとその感触を確かめ、

「ああ、セイドルフさん、とっても気に入ったわ。でも、今すぐには買うことができないの」

八ルーブリといえば、ラーキンさんの縫製工場で半月働いて貰うことのできる金額と、ほぼ同じだ。

「お金が貯まるまで、もう少し待っていただけないかしら……」

「本当は私もこう聞いてあげたいんだよ。アナスタシア、いったい幾らなら払えるのかねって。だけどそれを聞いたら、またうちの奥さんと大喧嘩することを覚悟しなくちゃならない。申し訳ないが八ルーブリはぎりぎりの値段なんだ」

「セイドルフさんが親切で善人なのは、この町の誰もが知っていることだわ。あなたの奥さんだって、それはちゃんとご存じのはずよ。だからこの裁ち鋏のことで夫婦喧嘩なんて、絶対にさせられないわ」

「ありがとう、アナスタシア。おまえさんが買いに来るまで、この裁ち鋏は誰に

も売らないと約束するよ」

長い栗色の髪に似合う髪飾りでも注文していたならともかく、アナスタシアが裁ち鋏を欲しがっていたことさえ、ドリゼラは何も聞かされてはいなかった。

「ところで別嬪さんたち、仕事はしっかりやっているかい」

セイドルフさんは裁ち鋏の入った箱を棚の奥へとしまいながら、ふたりに聞いた。

「あのラーキンさんの目を盗んで、どうしてわたしたちが仕事をなまけられると思うの」

例によってドリゼラがいたずらっぽくそう答えた。するとセイドルフさんはふたりへ向き直って、

「ラーキンさんは仕事には厳しい人かもしれないが、本当はやさしい、私と同じくらいに善人なんだよ。それにお金持ちだ。そこは私とまったくちがうがね」

おどけてみせたあと、ひとり言のように、

「この町じゃ地位も信用もある。お金も充分に持っているだろうに、なぜ奥さんをもらおうとしないのか、それが不思議だよ」

「たしかにお金持ちにはちがいないけれど、やさしいっていうのはどうかしら」

不満げにドリゼラが続けた。

「それにあのラーキンさんがこれまで独身だったからって、不思議なことなんか

ちっともないわ。あの人は若い娘からどう思われるかよりも、若い娘をどう働かせればもっとたくさんのお金が自分のところへ集まるかってことのほうが、よっぽど大切な人ですもの。そうよね、アナ」

アナスタシアは相槌を打つかわりに小さく手を広げ、小首を傾げてみせた。

「それはかわいそうだよ、ドリゼラ。うちのお得意さんだから肩を持つわけじゃないが、ついこの間も注文された品物を届けに行ってお茶をご馳走になったんだが、そのときだってラーキンさんはおまえさんたちのことを誉めていたよ。あのふたりはよく働いてくれるってね」

「それは嘘だわ、信じられない。アナのことは誉めたかもしれないけれど、あのラーキンさんがわたしのことを誉めるなんて、絶対にそんなはずないわ」

「なあ、ドリゼラ。私が嘘をついたからって、それでどんな得があるのか教えてもらいたいものだな」

それでも負けず嫌いのドリゼラは、

「さあ、どうかしらね。でもセイドルフさん、あの人がわたしたちのことをそんなふうに誉めたんなら、もう少しお給料を上げてくれてもよさそうなものだとは思わないこと」

笑い合い、セイドルフさんの店をあとにしたふたりは、そのままドリゼラがアナスタシアを家まで送っていくことになった。

「わたし、あなたが裁ち鋏を欲しがっていたなんて、ぜんぜん知らなかった」

「そうね、話したことなかったものね。隠していたわけじゃないのよ、ドリゼラ。わたしね、自分ひとりで最初から最後まで一着の服を仕上げてみたいと思ったの。形を考えて、それを絵にするの。その絵から型紙を作って、生地を裁断し、縫い上げていくの。きっと素敵だろうなと思ったわ。でも、そのためにはいっぱい練習しないといけない。だから自分の裁ち鋏があればって、ね。ひとりですべてが仕上げられるようになれば、ラーキンさんだって、きっとお給料のことを考えてくれると思うの」

「そうだったの……。アナ、あなたがそんなことを考えていたなんて、想像もしていなかった。わたし、いつも自分のことばかり喋って、あなたの話を少しも聞かなかった気がするわ」

「そうじゃないの、そんなことないわ、ドリゼラ。わたしね、あなたの話を聞くのが好きだわ。あなたといると、気持ちがせいせいしてくるのよ」

「さあ、アナスタシア、今日はわたしがあなたの話を聞く番よ。もっとあなたの秘密を話して聞かせて」

「秘密なんて――」

そう言いかけたとき、アナスタシアは大好きだった祖父ヨーゼフから贈られた金貨のことを思い出した。

「あのね、わたしが七歳になった誕生日の夜、おじいさんが二〇ルーブリの金貨を持たせてくれて、こう言ったの。おまえが困ったとき、この金貨がきっとおまえを助けてくれるはずだと」

アナスタシアはその金貨を、どれほど大切に思ったことだろう。自分の机の引き出しの特別な場所に金貨をしまい込んだアナスタシアは、それからというもの、朝に晩にそれを取り出しては眺めるのが日課になった。厭なことがあった日は、祖父から贈られたその金貨を握りしめて、祈った。

翌年に祖父のヨーゼフが亡くなってからは、その金貨は形見としていっそう深くアナスタシアの心を支えた。そして毎晩、大好きだったおじいさんと話すようにして、彼女はその日の出来事を金貨へ語りかける日々が続いた。ところがアナスタシアが十歳になったある朝、引き出しの中の金貨が消えた。それこそ血眼になって部屋中を隅から隅まで探したものの、金貨が見つかることはなかった。

「……ご両親には確かめなかったの」

ドリゼラが訊いた。

両親も兄妹たちも、家の誰もがその金貨のことは知っていたし、アナスタシアがどれほど大切にしていたかもよくわかっていた。だから金貨がなくなったとき、アナスタシアは必死で探したけれど、父のアレクセイにも母のヨアンナにも、家族の誰にもその行方を確かめることはしなかった。

「そのときにね、もう金貨は必要ありませんから、わたしの人生で二度とこんなことが起こりませんようにって、神さまへ祈ったの」

その話を聞いて、自分はアナスタシアのことを半分しか知らなかったのだわ……と、ドリゼラは思った。

「でもね、おじいさんがくれたあの金貨は、いつかまたわたしのところへ戻ってきてくれる気がするの。そのときのためにしっかり準備して、頑張らなきゃって思うことにしているのよ。わたし、信じているの」

家が近づいたとき、アナスタシアがそう言った。

まだ話し足りないと思ったドリゼラは、どこかにこのまま立ち話が続けられる場所はないかしらと、周囲を見回した。すると一本だけまっすぐに伸びた、背の高い雑草に目が留まった。その根元のあたりで、キラキラしたものが夕陽に照らされて輝いた。

「アナっ、あそこで何かが光ったわ」

そう言うとドリゼラは雑草の根元へ駆け寄り、そのキラキラ光るものに手を延ばし、それを拾い上げた。

「まあ、アナスタシア、なんてこと。早くここへ来て、早くってば――」

ほとんど声を出さずに叫んだ分、ドリゼラは大層な身振りでアナスタシアを急き立てた。

「見て、アナ。ほら、これ」

ドリゼラが握りしめていた右手を開くと、手のひらの上には二〇ルーブリ金貨が一枚あった。

「奇跡って、本当にあるんだわ。神さまがあなたの告白をお聞きになって、金貨を返してくださったのよ」

「ちがうわ、これはわたしがおじいさんから贈られた金貨じゃない。もし神さまがわたしたちの話をお聞きになって、わたしへ金貨を返してくださろうというなら、きっと机の引き出しの中へ戻してくださるはずだわ。これはただの偶然。でなければ、わたしたちは試されているのよ」

ああ、かわいそうなアナスタシア。ドリゼラはそう思った。

「あなた、また金貨を失うかもしれないと、そのことに臆病になっているのね。よく考えて、アナ。あなたは信じていると言ったわ。だから神さまが金貨を戻してくださったんじゃない。これはまちがいなく、十歳のときにあなたの引き出しの中から消えてしまった、あなたの金貨なのよ。わたしはねえ、この二〇ルーブリでセイドルフさんから取り寄せてもらった裁ち鋏の代金を支払えばいいなんて、少しも言うつもりはないの。これがあなたの金貨なら、あなたはまたこの金貨を握りしめて祈ることができるのよ。それはあなたにとって、とても大切な時間のはずだわ。おじいさんが言ったとおり、この先のあなたを守ってくれる金貨なの。アナ、お願いだから疑わないで――」

「ちがうわ、ドリゼラ、そうじゃないの。あなたを、巻き込みたくはないわ。これは神さまの仕業でもなければ、奇跡なんかじゃないの。わたしこそお願いだから、今すぐ一緒にイワノフ巡査のところへ、この金貨を届けましょう。そうでないとわたし、怖いわ」

アナスタシアはすっかり臆病になっているとドリゼラは感じたけれど、この金貨をどうするかは、詰まるところアナスタシア自身が決めるべきことのようにドリゼラには思えた。なぜなら、この金貨は神さまがアナスタシアへ下さったものなのだから――

「わかったわ、アナ。あなたの言うとおり、これからイワノフ巡査のところへこれを届けましょう。それにしても、あなたが案外な強情っぱりだってことが分かっただけでも、この金貨を拾った価値はあったわね」

そう言ってドリゼラがアナスタシアの顔を覗き込むと、アナスタシアは微笑みで返した。

ふたりはそれからイワノフ巡査のところへ行き、それぞれの家へ帰り着いたころには、すっかり陽も落ちていた。なぜこんなに遅くなったのかと父のアレクセイに理由を問いただされたアナスタシアだが、金貨を拾ったことは話さなかった。そしてそれはドリゼラも同じだった。


それから数日後のこと。昼ご飯のあとアナスタシアとドリゼラは、突然にラーキンさんの部屋へ呼び出された。

「今日はふたりに大事な話があってきてもらった」

ラーキンさんはもったいをつけるような口ぶりで、ふたりの顔を替わるがわるに見た。

「まずアナスタシア、きみは雑貨屋のセイドルフにこの裁ち鋏を探してくれるよう、頼んだかね」

そう言って、ラーキンさんがあの裁ち鋏をアナスタシアの前に置いた。

「はい、そのとおりですわ。すみませんでした、ラーキンさん」

「なにも謝ることはない。自分の裁ち鋏を手に入れたいと思ったのは、裁断の練習をしたいという意欲からなんだろう、ちがうかね。それを咎《とが》め立てするつもりなど、私にはまったくない」

ラーキンさんはあらためて裁ち鋏を手に取り、それをアナスタシアへと手渡すと、

「それは手入れの行き届いた良い鋏だ。セイドルフが自信を持って仕入れただけのことはある。大切に使えば一生役に立ってくれるだろう」

「でも、いまのわたしに八ルーブリは大金です。とても払いきれるものではありませんわ」

「きみたちの給料を決めているのはこの私なんだから、それはよくわかっているさ。そこでセイドルフへの支払いだが、私が済ませておいた。きみは仕事熱心な娘だ。その裁ち鋏を存分に使いこなせるようなったなら、給料のことも考えなくてはなるまいな」

少しずつで構わないから、お金が貯まったら返してくれればいいとラーキンさんは言い、裁断の練習用に、作業場の端切《はぎ》れなどを自由に使う許可までくれたのだった。セイドルフさんに事情を聞かされたことはまちがいない。それにしてもなぜ、ラーキンさんがここまで親切にしてくれるのか、アナスタシアは不思議でならなかった。とはいえ、この申し出を拒む理由は見当たらない。

「ご親切に感謝します、ラーキンさん」

アナスタシアの言葉に大きく頷いたラーキンさんは、つぎにドリゼラに向かってこう言った。

「さてドリゼラ、きみはアナスタシアほどこの仕事が気に入っているとは思えないが、どうなのかね」

「ええ、おっしゃるとおりですわ、ラーキンさん。お喋りのセイドルフさんからいろいろお聞きになったのね」

「そう、いろいろとね。だが、それはセイドルフがお喋りだからじゃない。私がせがんで聞かせてもらったんだ」

と、ラーキンさんはめずらしく大きなため息を吐いた。

「ドリゼラ、たしかに私は少し口うるさいところがある。それは認めよう。だが、きみが考えているほど性悪な人間ではないつもりだ」

「いま、アナへのご親切ぶりを見て、わたしも少しラーキンさんを見直さなければいけないと、そう思ったところですわ」

「そうか、それはよかった。しかしドリゼラ、きみという娘は少しも世の中のことがわかっていないように私には思えるんだ」

ラーキンさんは右手の人差し指で鼻の下の髭を撫でながら、じっとドリゼラを見つめた。

「きみを見ていると、とてもひとりにはしておけない気持ちになってくる。いつか機会があればここを出ていきたいと考えているようだが、きみのような世間知らずの娘を、黙って出ていかせることなど、私にはできない。そこで、どうすればいいのかをずっと考えてきたんだが、その答えをやっと見つけた。きみを妻として迎えれば私は安心できる。そう気づいたんだが、この結論をきみはどう思うかね、ドリゼラ」

「とてもまわりくどくて、頭が痛くなりそうなお話ですけれど、ラーキンさんが何をおっしゃりたいのかは、わかりました」

わかればそれでよろしい。よく考えてみなさいとラーキンさんは言い、

「話はこれでおしまいだ。さあ、ふたりとも仕事に戻りなさい」

アナスタシアとドリゼラは、そのまま部屋を追い出されてしまった。

「いったい何が、どうなってしまったというのかしら」

仕事場へと戻りながら、ふたりは声を揃えた。

「わたしの〝いい人〟が、あのラーキンさんだったっていうの。そんなこと、信じろってほうが無理よ」

「でもね、ドリゼラ。親切にしてもらったから言うんじゃないけれど、ラーキン

さんの申し出をすぐには断らないで。じっくりと考えてみる価値はあると思うの」

「そうね……。少し前のわたしなら、きっとさっきその場でラーキンさんに断っていたでしょうね。だけど今のわたしは、断るにしても、まず考えてからでも遅くない気がしているわ」

「そう、それがいいと思う。そして忘れないでね。よく考えてあなたが決めたことなら、それがどんな結論であっても、わたしは賛成だってことを――」

「ありがとう、アナスタシア」


それから半年後、ラーキンさんの申し出を受け入れたドリゼラは、彼の奥さんになった。ドリゼラが待ち侘びた〝いい人〟は、彼女のいちばん近くにいて、彼女がどうにかして逃げ出したいと思っていた相手だったことになる。

ラーキンさんは、ドリゼラと結婚しても相変わらず口やかましいままだったが、それでも少しやさしくなったと、工場での評判は上がった。

ドリゼラはラーキンさんの奥さんになってもやっぱりドリゼラのまま、少しも変わることがなかったし、アナスタシアは立て替えてもらった裁ち鋏の代金を、もうすぐラーキンさんに返し終えるはずだ。

アナスタシアもドリゼラも、自分たちにいったい何が起こったのか、まだはっきりと気づいているわけではなかったが、お互いがかけがえのない友だちのままいられることに、あの金貨が関係しているのでは——と、感じはじめている。

アナスタシアはあの金貨のことを思い出すたび、あれを見つけたのが自分ではなくドリゼラだったことに、くり返し感謝した。そしてドリゼラはあの日、アナスタシアが大切な金貨の秘密を打ち明ける相手に自分を選んでくれたことを、ずっと感謝している。

イワノフ巡査からは、金貨の落とし主が見つかったという連絡はない。だからあの金貨の行方について、ふたりは何も知らない。

＊

原稿を読み終えたクライアントが、おもむろに口を開きました。

「タカハシさん、この噺の舞台って、どこなの。日本じゃないよね。いいんだけどさ、ちょっとわかりづらいんだよなあ」

どうも気に入らなかったようです。なんでも、ある宗教団体に心温まる物語をと頼まれた原稿で、そこが発行している宣伝用の広報誌へ載せたいらしいのです。

私は正直少しムッとしまして、

「あなたはただ、童話が欲しいと言ったばかりで、あとは任せるからと、ぼくが聞いたのはそれだけですよ」

「そう、だってタカハシさんとは長いつき合いだもの。信用してるのよ。でさ、やっぱり主人公は日本人にしようよ。そう、戦時中の女学生ふたりってことでどうかな。あとのストーリーは任せるけど、わかりやすく、ね、わかりやすくいこうよ」

そう言うと、紙幣の束を裸のまま私のポケットへねじ込んだのでした。

その人物とは確かに長いつき合いです。それだけにキリがありませんから、書き直せといわれたらそこまでの話にして、原稿を持ち帰ることに決めていたのですが、紙幣の束が想像より厚ぼったかったものですから、逡巡していると、

「そこに一八五〇ドルあるから、いまはそれで勘弁して」

驚いてポケットから紙幣を出して確認すれば、

「ドル紙幣って、なんですか、これ」

「いまはそれしか持ち合わせがないの。銀行でさ、レートのいいときに交換すれば二〇万くらいにはなるはずだから。頼みますよ、タカハシさん」

生まれてから一度も海外へ行った経験がないものですから、銀行でドルを円に両替するという行為に、ふっと気持ちが動いてしまい、結局書き直すことに同意してしまいました。

「よかった。ところでさ、タカハシ先生はどうよ。近ごろ自分の小説は、書いてるの」

「まあ、やってはいますが、なかなか……」

「なに、純文学ってやつ。それとも賞金稼ぎのほう」

賞金稼ぎというのは、細かい懸賞小説に応募して、入選すればわずかな現金がもらえるというう、それだって滅多に入選なんかするものではなく、やっぱり目の前の一八五〇ドルに抗うことはできないのでした。それを見透かされた感じが厭で、私は話を逸らし、

「この前、実家の地元紙が町村合併十五周年記念とかで、地元に因んだ小説を募集しましてね」

「あっ、応募したんだ、タカハシさん。で、どうだったの」

最終選考に残ったという連絡を受けたものですからすっかりその気になってしまい、役場に勤めている中学の同級生にそれとなく様子を聞いてもらったところ、

「言いづらいがせ、どうも当選はむずかしそうだじ。地元出身者ってところは強みだけどせ、内容が地元に因んでいるわけでもないし、そもそも話が暗いってことらしいんだわ。どんな小説、書いただい」

それを聞き、応募したことを両親に黙っていてよかったと、つくづく思ったことでした。

麦の穂を逆さに呑む

夕方の五時半を少し回ったくらいの時間だった。だからまだ帰宅ラッシュは始まっていなか

ったのだが、それでも山手線外回りの車内には、ほとんど空席がなかった。

有楽町駅から乗り込んだタカハシは、運良く車両の中央付近に席を占めることができた。不相応に高価な吟醸酒の一升瓶を抱え、妻と娘のために銀座の松屋デパートで奮発したケーキの箱を持っていたから、自宅のある日暮里駅までそれほどかかるわけではないが、できれば坐って帰りたいと思った。だから腹を決め、三人掛けの真ん中、ちょっと無理だろう――くらいのわずかな空間へ、体重七十六キロあるその身を強引に押し込むと、大事な大事な一升瓶を左手で抱え込み、右手でケーキの箱を支え、まるでミニスカートを穿いた女のように膝を立てて、足を閉じた。

右隣の中年女性にも、左側に坐っていた若い男からも露骨に嫌な顔をされたが、タカハシには開き直るような気分があった。

座席にすっぽりと体が収まったと同時に電車が動き出し、タカハシは温《ぬる》い湯に肩まで浸かったときのような、そんな心持ちになった。


「おまえ、借金はあるまいな」

面白くもない深夜の正月番組を二人して観ているとき、父親がポツリとそう言った。暮れに帰省して、明日はそろそろ東京へ引き上げようかという、その晩のことだ。

「ないよ。借金こそないが、貯金もない」

不肖の長男は、父親へそう答えた。

「要するに金がないと、そういうことだな」

「そう、そういうことせ。オレ、人柄はいいだが、金には縁がねえわい」

「ふん、いくら人柄がいいったって、金がないのは首がないのと同じだぞ」

人柄だって、まあ大したこたぁねえなと、ニマニマしながらつぶやいた父親が、

「おまえ、いいモンやろうか」

〝いいモン〟とは〝良い物〟の意で、父親は昔からそういう言い方をした。せんべい一枚、羊羹ひと切れにはじまり、腕時計から小遣いまで、どれもみんな〝いいモン〟だ。

「何だい、いいモンって」


八十三歳になるタカハシの父親は、五年前に脳出血を起こして、左半身に不具合がある。以来、寝たいときに寝て、起きたいときに起き、真夜中までケーブルテレビの時代劇チャンネルを見続ける生活になった。それを、二年前に心臓の大動脈瘤が破裂して死にかけた七十六歳の母親が面倒を見ながら、室内犬一匹と共に老夫婦は暮らしている。絵に描いたような老々介護だ。

信州大学の付属病院で十三時間の大手術を受け、奇跡的に生還した母親は、そうそう老亭主にかまってもいられないから、夕飯の後片づけを終えると、自分の寝床へ潜り込む。長男であ

るタカハシの三十数年にわたる〝夢の東京暮らし〟は、還暦を目前にして、だから相当危ういところへ来ている。

「いったいさぁ、芥川賞はいつもらえるだね」

その日の昼間、母親から真顔でそう聞かれたタカハシは、

「芥川賞はな、そう簡単にはもらえんぜ、おふくろ。まず小説を書いて、それが本にならんとな。なかなか賞はむずかしいわなぁ」

冗談めかして、そう答えるよりなかった。

「他人事みたいに。芥川賞じゃなくても、何か賞をもらえれば、こっちへ戻ってきて生活できるんじゃないだかね」

「ところがさ、残念だがそう上手くはいかねえんだなァ、これが――」

「パッとしないねえ、おまえ。役に立たんわ」

母親から言われるまでもなく、タカハシはパッとしないことおびただしい。

「ホントだいねえ。まあ、あきらめましょ」

父親は手足は不自由だが頭はしっかりしているから、理の勝った文句だけは言う。もともとむずかしい男ではあったが、脳出血からこっち、人間としての面倒臭さにはさらに磨きがかかった。母親はさぞしんどかろうと、それはタカハシにもわかってはいるのだが、どうしてやれる当てもない。「特急あずさ」と大糸線を乗り継いでふた月に一度程度、顔を見に戻って来る

くらいが精一杯のところだ。

長年にわたって親不孝を重ねてきた身であれば、ナントカ賞でもカントカ賞でも、もらえるものならもらって親孝行してやりたいのは山々なれど、どんなに欲しがったって、くれないものはもらえない。もし安く売りにでも出されたら、買ってもいいとさえ思い詰めた時期もあったが、もう賞を買う金も才覚も、いまのタカハシにはない。

どういうわけか根拠のない自信だけがあって、大学を中退し上京した。不安はなかった。あれから三十数年。いま、小説だけで飯を喰うなど、夢というより妄想に近い。来年は娘が受験だから妄想をめぐらす余裕すらなく、最近では〝ライター〟と刷り込まれた自分の名刺を見るだけで、バカらしくて、気が萎える。


「いいモンってのはな、これだ」

電動で座面が上げ下げできるスウェーデン製の身障者専用椅子が父親のお気に入りで、これを居間に据えて日がな、時代劇チャンネルを観るのがいまの父親の仕事だ。

大事なものは何でも、自分の手が届くこの椅子のまわりに集めたがる。薬やら書類やら、爪切りから年金手帳まで、椅子の周囲は父親の〝大事なモン〟で埋め尽くされた巣のようで、どこになにがあるかは父親にしかわからない。母親もタカハシも、この椅子の半径一メートル以内には近寄らないことにしている。うっかり関わると面倒なことになる。タカハシの妻の敦子にいたっては、その椅子を〝玉座〟と呼んで、巣の周辺へは一切立ち入らない。以前に治外法権であることをうっかり忘れ、掃除してえらい目にあったことがあるからだ。

「いいモンって……訳のわからんものは要らんぜ、おやじ」

父親が椅子の足元辺りをゴソゴソ探し始めたから、怖気《おじけ》づいたタカハシがそう制すると、

「まあ、貧乏人は黙ってろ」

こういう言い方をするときの父親は、機嫌がいい。

しばらくするうち、かつてはクッキーの詰め合わせか何かが入っていたと思われる古いブリキ缶を取り出すと、錆かかったそのフタを開けてみせた。

「どうだ、これが何だか、おまえわかるか」

いびつな形をした金属の塊が、大小いくつも入っている。

「主に金冠《クラウン》を潰したもんだ。貯めるつもりで貯めたんじゃなくてな、開業して五十年だぞ、気がついたらこれだけの金冠が手元に残ったんだ。おい、よく見とけ。これがさ、おれの歴史だ」

脳出血を起こす直前まで、タカハシの父親は歯科医院を開業していた。

「それが金冠だくらいのことは、おれにだってわかるせ。歯科理工学の実習だってやったんだ」

長男のこの言い草を受けて、

「おおよ、確かにそうだった。おまえ、歯科大中退だったたいなぁ」

そう言って、クックッと父親が肩を震わせた。どういうつもりか知らんが、薄気味が悪いほ

ど機嫌がいいなと、タカハシは感じている。が、油断はできない。父親の雲行きは一瞬にして変わる。いったん不機嫌へ転じると、それきり取りつく島はなくなる。

「おまえを歯科大へ入学させるためにさ、おれは莫大な寄付金を払っただいなぁ。すっかり忘れてた」

跡継ぎをつくるためにどれほどの金をつぎ込んだか、脳出血を患ったとはいえ、この父親が忘れるはずもない。

「頼んで払ってもらったわけじゃねえじ」

じつはタカハシも似たような性格で、外面がいいから温厚そうに見えるが、いったん不機嫌になると、父親よりさらに始末が悪い。そんな長男の性状は、父親のほうだってよくよく承知している。

「もう、いい。こんな話、いくらしたって始まらん。それよりだ、新聞でもテレビでも、いま金《ゴールド》が相当値上がりしてるっていうじゃねえか」

金・銀・プラチナを高値で引き取ると、新聞に折り込まれたチラシを何度か見たことはあるが、二十年連れ添った妻に指輪一つ買ってやったことのないタカハシには、金もプラチナにも縁もゆかりもないから、そんなチラシに気を留めたこともなかった。

「そういやぁ金歯でも何でも、現金でその場で買い取るって、そう書いてあったなあ、たしかに……」

「そうだろう。おれがコツコツ自分で精錬して不純物を飛ばしてある。どれもほぼ二十四金だ。さあ、そこでさ」

と、父親の声が普段より張った。

「おまえ、これを東京へ持って帰って、売ってみるかや」

タカハシにとって予想外の言葉が、父親の口から出た。

「えっ、くれるだかい、おれに」

「全部じゃねえぞ。手間賃として幾らかやってもいいと思ってさ」

「なんだ、全部じゃねえのか……」

「全部と思ったか、欲どおしい奴め。高く売れたらな、手数料として一割くらいはおまえにやろうと、そういう話だ」

「そういうことか……。それでも一割じゃ話にならんよ、おやじ。売りに行くだけ面倒だ」

だったら幾ら欲しいのかと、父親が聞いた。

「ふつうなら折半せ、こういう場合は」

「ほう、おまえが言う、〝こういう場合〟ってのは、どういう場合だ」

「いくら潰した金冠が手元にあったってさ、体の不自由なおやじには、それを売る手段がない」

「なるほどな、何を売ってでも金が欲しいおまえには、残念ながら売る物がない、か」

半分欲しいというならそれでもいいと、驚くほどアッサリ父親は得心したのだった。

「折半もいいがさ、問題がある。売れた総額が幾らなのか、おれには確かめる方法がない。そこは、どうする」

「それは長男を信用するしかあるまいよ、おやじ」

「さんざ（何度でも）だまされてきたでな、おまえには。ちょっこらちょいに信用するわけにゃいかねえな。おまえ、身に覚えがあるずら」

タカハシはそのことを否定するつもりはない。

翌日、タカハシは父親から預かった古いクッキーの缶をバッグの底に忍ばせて、午後の列車で東京へ戻った。


山手線が東京駅へ着くと、いっきに人が乗り込んできて車内は帰宅ラッシュに近い状態になった。タカハシは、

「やっぱり坐って正解だったな――」

押しつぶされないよう、ケーキの箱に気を配った。

神田を過ぎ、秋葉原駅のホームへ車両がすべり込むと、さらに多くの乗客で車内は満員になった。が、その〝男〟が乗り込んできたとたん、空気は一変した。

明らかにホームレスだと分かる風体で、紙やらビニールやらの大きな袋をたずさえている。

満員だったはずの車内だが、その男が進もうとする先にだけ、もののみごとに〝道〟ができて

いく。男を避けるため、他の乗客たちは身をよじって詰め合い、結果、その周囲には〝空間〟ができる。それがその男専用の〝道〟になっていく。

すえたような異臭を放ちながら、男はタカハシの前で歩を止めた。間髪を入れず、右隣の中年女性が席を立った。そこから一瞬で、こんどはタカハシの左側に坐っていた若い男が、顔を背けて席を離れた。両隣の動きがあまりに素早かったものだから、三人掛けの席に独りで取り残されることになったタカハシは、必然的にそのホームレスの男と対峙する格好になった。

台所で妻の敦子が使っている家庭用の量りに、父親から預かってきた〝潰した金冠〟を載せてみた。

「おい、目盛り読んでくれ。老眼だからな……七八五グラムってとこか」

「まあ、そんなところじゃない」

「案外と、あるもんだなあ……」

「よく貯めておいたわよねえ、お父さん」

「〝おれの歴史だ〟ってさ、おやじが。おい、いま金《ゴールド》って幾らくらいで売れるんだ」

「知らないわよ、そんなこと」

インターネットで調べればすぐに分かると、娘が言った。

「本日の買い取り価格がねえ、三二二〇円、だって」

パソコンの画面を見ながら娘がそうつぶやく声を聞き逃さなかったタカハシは、

「おい、電卓持ってこい」

誰にともなく、そう叫んでいた。

「一グラムが三二二〇円、てことはだぞ、約二四五万円と、そういうことになりはしないか」

「でもさ、それ二十四金の買い取り価格だからね。あんまり期待しないほうがいいよ」

父親の妄想をいさめるように、娘が自分の部屋からタカハシへ声をかけた。

「ほぼ、二十四金さ。自分で精錬し直したって、おやじがそう言ってたんだから」

「あなたがどんなに興奮したって、それ、お父さんのものなんだからね」

「折半さ、折半。そういう約束になってる」

「お父さんとどんな約束してきたか知らないけど、あなた、ちゃんとしてよ。トラブルに巻き込まれるのはご免だからね」

「トラブルになんか、なるもんか。おまえが証人になりゃいいんだ。おやじの前で、オレの言う通りにおまえが証言すりゃ、それでいいのさ」

「冗談じゃないわよ。絶対お断りですからね」

いくら両隣の席が空いたからといって、まさかその男が隣に坐ることはあるまい。タカハシには確信があった。そういう経験は、じつはこれが初めてというわけじゃなかった。何度か電車のなかで遭遇する彼らには、幾つかの共通点がある。どんなに空席があっても、まず腰を下ろすことはない。誰とも視線を合わせることなく、ただじっとして、時間をやり過ごす。そしてほとんどの場合、彼らは上野駅で降りていくのだ。

大事な一升瓶とケーキの箱を抱えていたタカハシにとって、その男の風体や異臭を嫌ってわざわざ席を離れるのは、どうにも面倒だった。

「そうさ、賭けてもいい。上野までの辛抱だ」

タカハシはそういう判断をしたのだった。

ところがその男は、席に坐ることこそなかったものの、タカハシの足元に手荷物を置くと、そのままそこへひざまずいたのだ。いったい何のつもりだろう。タカハシは、身構えた。もし男が何か仕掛けてきたら、残念だが一升瓶もお土産のケーキも諦める覚悟はできていた。そんなものより、確実に守らなければならないものが、じつはタカハシの内ポケットにはあった。

十八金でも二十四金でも、とにかく金ならその場で買い取ります。チラシにはそう書いてあったが、事はそう簡単にはいかなかった。大蔵省検定の刻印がない。製造した会社の検印もない。まず金の含有率をお調べしませんと……応対に出た女性がタカハシに言った。

「いったん全部をお預かりして、検査へ出します。含有率の結果が出ましたらお電話しますので、改めてお越しいただいて、それで買い取りということになるんですが、ただ、検査料はお客さまのご負担になりまして、前払いでお願いすることになっております」

「検査料って、幾らなの」

「一塊が一万円です。こちら、十六個ありますので」

「品物を全部ここへ預けて、別に十六万を先払いで置いていけって、そういうこと、かな」

「ええ、そういうことになってしまうんです」

「気楽に言ってくれるじゃないの。ここさあ、常設店じゃないよね」

「はい、買い取りのための仮店舗です。本店は御徒町にございまして」

「だったら本店へ行くでしょ、普通。御徒町の、どこよ」

「あのう、本店へ行かれても、システムは同じですから」

話にならない。朝刊へ入ってくるチラシの店は、どこも似たような応対だった。

有名な貴金属店の新宿支店へ行ってみた。買い取りは順番で、いま現在六時間待ちだとガードマンに告げられた。六時間待ったって、その日のうちに決着がつくなら、それでもいいとタカハシは思った。だが、

「当店でお買い上げいただいたインゴットか、旧大蔵省または財務省の検印がないものはお引き取りできません。当店では歯科用の貴金属は一切お取り扱いしておりませんし、ましてこういった金属塊の含有率をお調べして買い取るといったことは、まったくやっておりません」

タカハシが持ち込んだ〝父親の歴史〟は、相手にもされなかった。結論から言うなら、潰した歯科用金冠なんか、その場で買い取ってくれる貴金属店はなかった。

タカハシの足元へひざまずいたその男は、自分の紙袋に手を突っ込むと、決して目を合わせることなく、ガサガサと何かを探し始めた。

男が引っかき回しているその紙袋の脇には、二重になったビニールのレジ袋も置かれているのだったが、中身が透けて赤い物が見える。それはたぶん、痛んだトマトのようにタカハシには見えた。他にも白い物や茶色い物が透けて見える。それが何なのか判別はできないが、いずれにしても喰い物であることは間違いない。異臭の原因は恐らく、男の体臭だけではないはずだ。

タカハシはその透けて見える物体を見極めようと目を凝らした。もしビニールのレジ袋から目を逸らして、そのことを男に気取られたら、何か仕掛けられるような気がしたのだ。タカハシは憮然とした表情を崩さぬように、透けて見える白や茶色を凝視し続けている。

と、電車が御徒町の駅に着いて、さらに多くの人が乗り込んできたのだけれど、どれほど車内が混雑しようが、男とタカハシの周りにできた空間が乗客たちで埋まることはない。

次ぎは上野だ。この男は上野で降りる。必ず降りるはずだ。タカハシはジリジリしながら、異臭をこらえて時間をやり過ごそうとしていた。男は男で急いでいる。夢中で紙袋の中の〝何か〟を探し続けている。

　どうしてもあきらめきれなかったタカハシは、日本橋で歯科を開業している昔の同級生に電話をかけた。

「潰したクラウンなんか、一般の貴金属屋に買い取らせようってほうが無理だぜ。まあ、おれが買い取ってもいいんだけどな……」

「いや、そういうつもりで電話したわけじゃないんだ。ただ、その筋の専門店を知っていたら、教えてもらいたい。おまえが知らなきゃ、それでいいんだ」

「知ってるよ。おやじさんが自分で精錬し直したってそう言ってんだろ。だったら、ほぼ二十四金だよ。おまえだって、理工学の実習くらいやっただろ。三年で中退したんだっけなぁ」

「ああ、そうだ。理工学の実習はやった」

「……もったいねえよ」

「えっ」

「クラウンだよ、二十四金のことさ。有楽町にな、歯科関係の金属を扱う専門店があるんだ。そこへ行けよ。おれが電話しておくから。おまえの素性も、全部説明しとくからさ」

　その翌日、教えられた有楽町の店へタカハシは出向いた。いままでの応対とは、何もかもがちがっていた。

「二十四金からは少し落ちますが、本日の価格でお買い取りさせていただくということで、よろしいでしょうか」

タカハシに不服のあろうはずもない。あんまりトントン拍子に事が運んだものだから、気が抜けてしまった。ただ呆然としてソファーに深く腰を落とし、出されたコーヒーに手をつけたところで、店員が現金と明細を持参し、タカハシの面前へ並べた。

帯封がされた百万の束が二つ、残りはタカハシの鼻先で店員がいちいち数えてみせた。

「手数料を引かせていただいて、二、二八六、一三〇円になります。先生、どうぞご確認ください」

あいつ、この店におれのことを、どう伝えたのだろう。まあ、いい。どうだっていいことだ。

それより、礼をしないといけない。この足でデパートへ寄って、上等の酒を一升、やつの自宅に届けてもらおう。そのくらいの挨拶はしておかないと。やっと売れたんだ。

〝父親の歴史〟を売り払ったタカハシは、現金を懐へ納めるとその店を出て、銀座の松屋へと向かった。三越でも松坂屋でもよかったのだが、そこからいちばん近い百貨店が松屋だった。

それだけの理由だ。

かつての歯科大の同級生に、タカハシは化粧箱に入った純米大吟醸を届けてくれるよう頼んだ。以前から一度飲んでみたいと思っていた酒だ。自身も思い切った。

「同じものをもう一本。それは持って帰ります。自家用だから、簡単に包んでくれればいいです」

　タカハシが抱えていたのは、そういう酒だ。妻と娘にはケーキを買った。はしゃぐつもりはないと、自分ではそう思っていたが、どう考えてもタカハシは浮かれていた。有楽町駅のホーム、外回りの山手線を待ちながらタカハシが考えていたのは、ただひたすら、〝父親との折半〟の算段だけだったといっていい。


　扉が閉まって電車が御徒町の駅を滑り出したのとほぼ同時に、男の手の動きが止まった。タカハシと男はまだ一回も目を合わせていない。が、男がとうとう紙袋のなかの〝探し物〟を見つけ出したことは、タカハシにも知れた。

　男の手が止まると、やがて〝探し物〟が汚れた紙袋から取り出された。左手の親指と中指と人差し指で、五百円硬貨を一枚支えている。男が必死になって見つけ出そうとしていたものの正体とは、五百円玉だった。

　タカハシが意表を突かれたところで、電車が上野駅のホームへと入線した。その瞬間だ。パシッという音がタカハシの足元でしたかと思うと、立ち上がった男は紙袋とビニール袋を持ち直し、そのままタカハシに背を向けて扉のほうへ歩き出した。一度も振り返ることなく、一度も目を合わせることなく、タカハシの思惑どおりに男は上野駅で降りていった。

　扉が閉じて浮浪者の男が車両からいなくなっても、タカハシの周囲にポッカリとできた空間は、そのまま埋まることはなかった。乗客の誰もがタカハシを見ていた。いや、周囲の乗客たちが見ていたのはタカハシの足元だ。

何が起こったのか、あの男が何をしでかしたのか、タカハシにもほぼ想像はできている。パシッというあの音は、電車の床に硬貨を打ちつけた響きだ。ただし一升瓶とケーキの箱を抱え込んだタカハシには、自分の足元が見えていない。それでも無理な体勢のまま、視線をゆっくりと床へと落としていくと、タカハシの足元には、まるで供え物のようにして五百円玉が一枚置かれてあった。

小学生だった。友だち何人かと麦畑で遊んでいたときのことだ。仲間のひとりが麦の穂を手にとって一本抜き取ると、タカハシの目の前で呑んでみせた。

ほらな、と言って自分の口を大きく開け、呑み込んだことを他の友人たちの前でタカハシに確認させたあと、

「おめえも、やってみろや」

挑発するようにニヤリと笑いやがった。いいよ、そう答えたタカハシ少年は、同じ要領で麦の穂を一本抜き、そいつを呑み込んだ。誰かの〝やめとけ〟と叫ぶ声も聞こえたが、そのときはもう遅かった。

いがらっぽい、なんてもんじゃない。喘息《ぜんそく》持ちだったタカハシは、発作を起こしたのだと思

った。小さく咳き込んだあと、息が出来ない。一本の麦の穂が喉にへばりついて、動かない。息を吸うことも、吐くことも出来なくなったタカハシは、そのまま近くの耳鼻咽喉科へ担ぎ込まれて、三日間入院した。

足元に置かれた五百円硬貨を目にしたタカハシに、久し振りであのときの感触がよみがえった。喉のすぐ入り口から奥にかけて、全体に〝いがらっぽい感じ〟が広がっていく。咳き込み始めたタカハシの胃からは、酸っぱいものが上がってきた。

鶯谷の駅を出た電車は、もうあとわずかで日暮里駅に着こうとしている。それまでにタカハシは腹を決めないとならない。それが〝いいモン〟かどうかはともかく〝探し物〟にはちがいない。それを手にできるかどうかの瀬戸際にいるこの男に、ただし、残された時間はもう、ほとんどないと考えた方がいい。

「ずいぶん高そうなお酒ねえ」

夕飯の支度をしていた妻の敦子が、タカハシと一升瓶とを交互に見ながら言った。

「さっきお父さんから電話があったわよ」

「何だって……」

「別に。みんな元気かって、それだけ」

「おまえ、何ンかしゃべったのか」

「いいえ、なにも。わたしは何も知らないもの。もしお父さんから何か聞かれても、わたしは一切知りませんって、そう答えるだけのことだから」

その敦子が、あらためてタカハシへと向きなおった。

「幾らで売れたのか知らないし、聞きたくもないけど、とにかくお父さんとの約束は守りなさいよ」

「約束ったってさ、おやじだってわかってるのさ、あれで。優しいところもあるんだ。そう思いたいだろ、おまえだって」

「お父さんの気持ちくらい、わたしだってわかってるわよ。だからこそ、ちゃんとして欲しいんじゃないの、あなたには」

「できるもんならしたいさ、オレだって。オレだけじゃなくてな、みんなそう思ってるんだ、きっと……。気持ちはわかるさ。けどな、そもそも無理な相談なんだ」

「どういうことよ」

「もう、考えちゃいけないんだよ、ちゃんとしよう、なんて。そういうことじゃないところで生きてきたんだからな。ただおれはな、おまえたちを巻き込まない努力はする。それは、するつもりだ」

とっくに巻き込まれてるわよと、背を向けた敦子は、また玉ネギかなんか刻み始めた。

「夕飯前だからやめておきなさい」

母親が制したにもかかわらず、例のケーキを頬張っている娘へ、タカハシは話しかけてみる。

「おまえ、麦の穂ってのはさあ〝順目〟にしか進まないんだぞ。知ってるか」

娘は興味を示すふうもなく、ただ〝知らない〟とだけ答えて、なんとも旨そうにケーキを平らげると、それでも自室へ引き上げていく際に〝ごっつぁん〟と、父親へ軽く右手を上げてみせた。

玄関のチャイムが鳴る。何かの集金らしい。応対へ出た妻の敦子が財布をのぞき込みながら、タカハシと娘へ呼びかける。

「ねえ、五百円玉持ってない。あったら貸してよ」

タカハシは小銭入れを確かめることもせず、おれは持っていないと返した。

＊

あのとき上野公園で、神の名前を知らないのではなく、思い出せないだけだろうと言い放ち、哀れむように五百円玉が入った炊き出し用ビニール袋を私へ手渡した女は、私が受け取ろうと出した手を見て、こうつけ加えたのです。

「あなたは右利きなのですね。だったら左手はいつも空けておくよう心掛けなさい」

そんな言葉に意味などないと思った私は、母親にも妻にも、誰にもその意味を問うことはありませんでした。

というより〝神の名前を思い出せない〟という言葉がなんとも象徴的だったもので、それに続く女の言い草を、私自身が忘れていたのです。けれども父親が息を引き取る際、カッと目を見開いて私を見た瞬間に、どういうわけか、その言葉が蘇ってきました。

あれはどういう意味だったのか、父が生きているうちに話してみればよかったと後悔したものです。だって父は、列へ並んでいたのですから――

呼吸が序々に弱まっていき、最期に二度小さく喘《あえ》いで心音が停止したとき、列の先頭がどんな光景なのか、父にははっきりと見えたはずです。

私が生まれ育ちました信州安曇野では〝骨葬祭〟が主流でして、それはどういうことかと申しますと、仏式であろうが神式であろうがアーメンであろうが、お宗旨を問わず、通夜が明けると遺体を焼き場へ運んで故人を骨壺へ収めてから葬式を行うのです。ただ、子どものころに父方の曾祖母右雪《うゆき》が亡くなったとき、葬式の後に庚申《こうしん》仲間が墓穴を掘り、遺体を土葬にした記憶が残っておりますから、この骨葬祭という方法がどこまで伝統だと言い切れますものか――

庚申仲間というものにしても、親類やら同姓などのつき合いとはまた別個で、どうやって寄り合ったものか定かではありませんが、墓穴を掘る役割を担うためのつき合いを、代々申し送りしてきたものでしょう。

おやじの亡骸を病院から運びだし、実家の座敷へ安置すると、その夜が仮通夜ということになります。親戚より何より、まずは向こう三軒両隣りと庚申仲間へ父が亡くなったことを沙汰します。道を挟んで向かいの三軒、右隣り三軒、左隣りの三軒、この九軒が葬儀の段取り一切を取り仕切る習わしです。ここに庚申仲間と親類が加わって納棺から本通夜、さらに焼き場の手配から本葬の会場、料理の献立まですべての段取りを決めていくのです。

おとこしょう（男衆）は本葬が終わるまで店を閉め会社を休んで掛かりきりになります。おんなしょう（女衆）は通夜から本葬までの料理と接待の万事を引き受けることになります。その間、遺族はひたすら悲嘆にくれるのが仕事、葬儀の次第や料理接待への口出し手出しは無用御法度、出銭入銭の金勘定までを隣組が責任を持って仕切る決まりでした。ですから向こう三軒両隣りから葬式が取れますと、それはもう大変だったのです。が、それも今は昔のこと。親父の遺体を囲みつつ、

「そもそも葬儀屋なんてものもなかったでねえ。ここ十年か十五年だわね、参照苑があっちこっちにできて一切合切の手配をぜんぶやってくれるようになったのは。おかげで庚申仲間も隣組も、へえ（もう）出る幕はねえわい。まあその分だけ金はかかるがせ、とにかく葬式は魂《たま》消《げ》るほど楽になったもんせ」

参照苑というのは大きなセレモニーホールを備え、神仏宗派を問わず一切を取り仕切る葬儀社で、事業展開を始めたとたん、あれよあれよいう間に〝伝統〟を凌駕してしまいました。ですからいま、父親の葬式の段取りを話し合う場の中心にいるのは隣組でも庚申仲間でも親類でもなく、参照苑から派遣された担当者の青木主任です。

青木主任は、重要事項について喪主である私の意向にそって決めていくのが参照苑のやり方だと説明し、二通の書式をうやうやしく差し出したのでした。

「この死亡診断書と埋葬許可証は、ご長男である喪主さまがいつでも提示できるよう、必ず手元に保管しておいてください。これからいろいろな場面で必要になってきますが、基本的にこの二通は再発行されませんので」

おふくろが、しっかりしろよと私に声をかけます。

「ところでこちら、東光寺さんの檀家さんとお伺いしておりますが」

「いや、そこがややこしいところでしてね。元は清源寺の檀家だったようですが、何代か前に神職が出まして、以来不祝儀は神式ということになったと聞いています」

「ということは、穂高神社さんでよろしいですね。神主さんは三人、五人、七人、それ以上とありますが、何人お呼びしますか」

「五人とか七人とか、どうちがうんでしょうか」

「七人だと神主様が三人に鐘や太鼓のほか笙《しょう》と笛《てき》が入ります。これに琴を追加しますと八人になります」

「琴まじゃ、いらんずら」

そこまでしなくても七人で充分だとおふくろが言うので、琴はなしにしました。そこから棺桶、祭壇、香典返し、直会《なおらい》の料理一式のランクを決めていきます。

「パパは何でも〝上から二番目〟が口ぐせだったから、ぜんぶ上から二番目でいいんじゃないの」

妹の里美がそう言うと、おふくろも妻の敦子もそれがいいと賛成しましたものですから、私もまあ、それが妥当と思いまして、そうすることにしました。おやじは常から、

「おれに万が一のことがあったら、県の歯科医師会から一千万円の慰労金が出る。この積み立て制度に加入したのは、ふがいない長男のことを思ってのことだ。それだけあれば葬式代には困らない。墓も建ててある。おまえには何の負担もかけない」

そう言い続けて亡くなりましたし、私もそれを信じ、頼りにしておりましたので、青木主任のざっくりした見積もり額が三〇〇万円弱と聞かされても、費用のことはまったく不安視しませんでした。

「で、明日の納棺はご自宅でされますか」

その晩が家族による仮通夜、翌日が亡骸を棺桶へ納める「納棺の儀」で、ここにも隣組、庚申仲間、親族一同、故人と生前に親しくつき合いのあった人々などに集まってもらい、穂高神社から神主さんを一人お願いして故人を棺へ納めたあと、全員に夕食を振る舞います。

「この人数だとご自宅での納棺は無理ですね。翌日は早朝から焼き場ですし、正直なところ、いまは皆さま、納棺から参照苑へお任せいただいております」

青木主任によれば、セレモニーホールに隣接して納棺専用のスペースがあるそうで、直会を

終えた遺族がそのまま夜伽《よとぎ》できるよう、寝具からシャワールームまで完備しているといいます。

「口出すわけじゃねえがせ、参照苑へ任せちまいましょ。いま自宅の座敷で納棺やるなんて家は、まずないでね。夕飯振る舞うだけで疲れきっちまうじ」

隣組長さんの言葉に青木主任が深く頷き、父が自宅で過ごすのは、その晩が最後ということになりました。この分だと費用は総額で三〇〇万を超えるかもしれませんが、父が働いて残した金です。歯科医師会からの慰労金もあることですから、私に不服はありません。

打ち合わせが終わって散会した後、残った青木主任から、

「ちなみに明晩の、夜伽の人数だけお聞かせください」

そう問いかけられ、家族で顔を見合わせたものです。

「わたしたちは無理だわなあ」

おふくろがポツリと言いますので、

「わたしたちって、誰のことだい」

「わたしと里美と敦子さんさね。翌朝は喪服の着つけが六時からだもんで。とうさんには可哀想だけど、夜伽してたらこっちが倒れちまうわ。それにラッキーだってほっとけないし」

ラッキーというのは十三歳になるロングコートチワワのことで、そのころには、おふくろの姿が見えなくなると情緒不安定になり、凶暴化することもありました。獣医に診せたところ、飼い主依存が極端化した症状で、珍しいことではないと診断され、精神安定剤を処方されてい

る経緯があります。

「じゃあ、誰が夜伽するんだよ」

「あなたでしょ」

「そうだよ、お兄ちゃんだけでパパは納得するよ」

里美は有明村の嫁ぎ先へいったん戻って、いろいろと支度してこなければならないことはわかっておりましたが、

「だったら、おまえはどうなんだ。別に着つけするわけじゃないんだろう」

娘に水を向けてみましたところ、両の手を合わせて首を振るばかりで、話になりません。そこへ追い打ちをかけるように、

「では喪主さまお独りということでよろしいですね。じつは私ども参照苑では、夜勤の職員はおりません。九時前には帰宅します。翌朝は七時に出社しますので、納棺からそのままずっと夜伽されるならいいのですが、いったん家へ戻られたり、翌朝七時前に帰られたりする場合のために、夜伽されるご親族へ裏口の鍵をお渡ししております。裏口の場所と鍵のご説明などは、納棺のときにさせていただきますので、ご了承ください」

「あのう、するとですよ、まるっきりの独りってことですか。テレビくらいはあるんですよね」

「テレビも冷蔵庫も完備しております。お酒もビールも乾き物のおつまみも、お茶もすべてご用意させていただきます。精進落しで残ったお料理、まあ、お寿司なんかも見繕っておきま

すので。ただし、そうしたお料理は決してご自宅へ持ち帰ったりなさいませんように。そこはよろしくお願いします」

参照苑で……独り通夜かよ。

「独りじゃないでしょ、おじいちゃんが一緒だよ」

娘が微笑みました。三〇〇万円の見積もりより、翌日の独り通夜のほうが、私をよほど気鬱にさせたのです。

当日夕刻、おやじの遺体を参照苑へと移し、納棺を終えると粗餐になります。翌朝の焼き場へ同行する人数、その後の本葬の段取りなどを再度確認し散会したあと、私はいったん実家へ戻ってシャワーを浴び、そのまま愚図ぐずとしておりましたところ、

「おまえ、早くとおさんのところへ戻りましょ。あんなとこへ独り置いて来ちゃ、もうらしい（可哀想）じゃないかね」

時計に目をやると夜の九時半をまわっています。

「こっちのほうがよっぽどもうらしいわい。なあ、誰か一緒にいこうぜ」

「お線香絶やさないように、テレビ見ながら一杯呑んでいるうち、すぐに夜が明けるわよ。あなた、宵っ張りのテレビ好きなんだから」

よく言うぜ、まったく。本当に手ぶらで大丈夫なのかと、不安が募ります。

「寝具も一式揃っていると青木主任が言ってたでしょ。ひと晩お父さんと添い寝するだけなんだから、手ぶらでいいのよ」

落ち着かないから早く行けと、おふくろからもさんざん急き立てられて腰を上げかけたとき、居間にあるおやじのお気に入りだったスウェーデン製の身障者用椅子に目が行きました。その肘掛けにぶら下がっている小袋から、もう何年も以前、私が創刊に参加した同人誌の表紙がのぞいて見えたのです。私はそれを手に取ると、夜伽のため参照苑へと車を走らせました。

真っ暗です。これほど裏口が暗いとは思いませんでした。夜伽することはわかっているのですから、青木主任だって灯りくらい残していってくれてもよさそうなものです。

預かった鍵で中へ入りますとさらに暗く、ついさっきまでの人寄りが嘘のような静けさです。あんまり静か過ぎて耳の奥がキーンとなります。背中といわず顔といわず寒イボ（鳥肌）が立ちます。青木主任から教わったとおりに灯りのスイッチを入れたとたん、参照苑の電気がいっせいに点きました。まるでホラー映画の一場面のようです。そこからエントランスを抜け、ホールを横切らないと納棺部屋へはたどり着けない構造なのです。すべてが点灯した分、不気味さに拍車がかかります。

ようやくのことで畳敷きの納棺部屋へと行き着き、白木の棺へ納まった父親の亡骸を恐る恐る覗き込むと、見慣れた顔がそこにありまして、妙な話ですがつくづくホッとしたことでした。

享年八十八、米寿を迎えたばかりでした。歳に不足はないはずですが、最後の一年は寝たきりで、亡くなる四ヶ月前に脳出血を遠因とする三度目の痙攣発作を起こして以降は、まったく意思の疎通を図ることができませんでした。

「延命治療については、どうされますか」

担当医に訊かれ、断りました。

「延命治療はしないでくれと、父はそう言っておりましたので——」

嘘をつきました。

病院のベッドの上で半分朦朧としている父親の耳元で、あと半年で米寿の祝いだでねとつぶやいたあと、

「もし、今度発作が起きたらせ、延命治療はどうするだい」

そう質したときのことです。おやじがパッと目を開いて私を見たのです。そしてこう言いました。

「まるっきりやらねえってや、ちょっと寂しいなあ。だでさ（だからな）、ちっとはやってもらうだわな。それでダメなら、へえいいわ」

それからおやじは、こう続けました。

「上手《じょうず》に死ねりゃいいがなあ……」

まるっきり延命治療をしないのは困る——とは、つまり痙攣発作を止める注射の一本くらい

は打ってもらってくれと、そういう意味だろうと私は解釈しました。

三度目の発作を起こしたと病院から連絡を受けて駆けつけたとき、焦点の定まらぬ目で小刻みに喘ぎながら痙攣しているおやじを見て、もう生きる力は尽きたんだなと思いました。それでも、このおやじのことです。まだ〝死ぬ力〟は残っているはずだと、私は確信していました。痙攣を止める薬はもう投与されていて、ここから胃瘻《いろう》などの延命治療を行えば、このおやじから完全に〝死ぬ力〟を奪うことになります。命には〝生きる力〟と、それを全うして果てる力が与えられているはずで、そのバランスを崩してはいけないと思いました。

「上手に死ねりゃいいがなあ……」

そう言ったのはおやじです。上手に死ねるかどうかは、もはやおやじの〝死ぬ力〟に任せるしかありません。延命治療を断ってから四ヶ月かかって、おやじは自力で死を受け入れたのでした。

棺桶に納まったおやじの顔をつくづく見ているうち、いろんなこと思い出します。とにかく、気むずかしい男でした。歯医者でしたが就寝前に歯を磨くことはありませんでした。夜中につまみ食いをしていたからでしょう。その代わり、朝は二十分くらいかけて狸の毛の歯ブラシで、入念に歯磨きしていました。狸の毛の歯ブラシ以外は使いませんでした。入れ歯は一本もなく、すべて自歯というのがおやじの自慢だったのです。

母親にはひっぱたかれたことがありますが、父親から手を上げられたことは一度もありません。けれどもとくに、地元の歯科大を中退して上京したあとは、帰省するたび口論になりました。夜中につまみ食いすること、不機嫌になると手がつけられないところは、あなたもそっくりだと妻から言われます。歳を重ねるごと父親に似てきていることは、自分でも強く感じます。

線香に火をつけ両手を合わせると、青木主任から受けた注意を思い出しました。夜伽用に用意した生ものは決して持ち帰らぬこと、そして、

「眠るとき、退出する際には、線香の火が消えていることを必ず確認してください。そこだけは確実にお願いします」

心配なのはわかりますが、だったら夜勤の職員くらい置けばいいのに——

見れば棺桶の脇のちゃぶ台の上に、少し乾いた寿司が皿に盛られ、ラップがかけられています。冷蔵庫を開けると缶ビールやカップ酒が数本入っています。とにもかくにも、まずは〝音〟が必要です。そこでテレビのスイッチを入れたところ、なんと地デジしか映らないではありませんか。

「おいおい、ケーブルテレビじゃねえのかよ」

信州の民放は三局ですが、どこも零時過ぎには放送を終了するのです。これはまずいことになったと思いました。運転して来たので、酔うほど呑むことはできないのです。かといって早々に布団を敷き、父親の遺体と添い寝する気にもなれません。もともと不眠症ですから眠れ

るわけもありません。ひとつふたつ寿司をつまんでみましたが、喉を通りません。持ち帰るのを阻むため、わざわざ生臭く調理したとしか思えない味です。

テレビは映らない、酒は呑めない、眠ることもできないとなると、いったい夜明けまでどう過ごしたものかと思いあぐね、とりあえず缶ビールの栓を開け、ひと口すすったところで、なんとも厄介なことに、尿意をもよおしてきました。便所はエントランスの向うですから、またホールを横切らないと行き着けないのです。なんとか気を紛らわせないとなりませんので、持参した同人誌を繰っているうち、私の作品に付箋があるのを見つけました。きっと、いや、まちがいなく父です。読んでいたんだろうと思います。

うたのじかん

おやじが笑っている。傘寿の祝いに妻と娘と三人で帰省し、夕食の膳を囲んだときのことだ。酒をやらないおやじが酔っているように見える。

「とうさん、うれしいですかね」

おふくろが訊く。

「そりゃうれしいさ。こうやって家族が揃ったんだからな」

これを聞いた妻の敦子が、

「すみません、もっとちょくちょく帰って来られるといいんですけど……」

「いや、ちょくちょく帰って来なくていい。そうちょくちょく帰って来られても困るんだ」

へろへろと笑いながら、おやじがおれの顔を見た。

「何言ってさね、とおさんは。憎まれ口きいて」

「憎まれ口ってことがあるか。久し振りで孫に会えて、こんなうれしいことはないさ。だけど真由子だって来年は高校受験だろ。塾だなんだと忙しいんだろうし、金もかかる。だからお父さんには仕事してもらわんとな。そうだろ」

娘の真由子は屈託なく頷いてみせた。

「ちょくちょく帰って来るってことはさ、それだけ暇だってことで、仕事がないってことだろう。そりゃ困る。そっちのほうがよっぽど心配だ。おれたちのことより、まずは自分たちの生活のことだ。こうやって、たまに帰ってくりゃ、それでいい」

こういうときのおやじは機嫌がいい。それだって油断はできない。雲行きは五秒もあれば一変する。言わせておけとおふくろが合図してくる。押さえろ、押さえろと妻が目配せする。娘は知らん顔でポテトサラダに夢中だ。おれは慣れたもんだ。おやじのこんな言い草くらいで気《け》色《しき》ばんだりしないって。もう五十過ぎだぜ。

「そりゃ仕事はするよ。金もかかるしな。だけど、おふくろ独りにおやじの面倒をみさせるってのも、長男としてはどうかなと思ってさ、だからちょくちょく帰って来るようにしてるわけよ。なっ、おやじ」

「おれがかあちゃんにどんな面倒をかけたって言うんだ」

すかさずおふくろが割って入る。

「ほんとにやりづらい父子《おやこ》だねえ。要するに、似てるんだろうねえ」

すると真由子が、

「っていうか、そっくりだよ。性格でいえば、一卵性親子だね」

娘のこのひと言で、その場は辛うじて収まった。するとおやじも、話題を変えようとしたのだろう。

「『うたのじかん』ってのがあってな」

と、言った。

「なに、それ」

真由子が聞き返す。

「うたのじかんさ。みんなで唄を歌うんだ」

「ああ〝唄の時間〟か。それって――」

おやじは週に一回、デイサービスに通っている。ケアマネジャーの夏目さんをはじめ、家族総がかりで二年かかって、ようやくおやじを説得した。その週一回がおふくろの息抜きになる

のだと、何度話し合ってもおやじは納得しなかった。最後はおふくろが、

「とおさん、わたしを助けると思って、週に一度だけ行ってくださいな」

頭を下げた。それで毎週木曜日の午前十時から午後四時まで、渋々ながらおやじはデイサービスに通い始めたのだが、これがいつまで続くかは、恐らく本人にだってわからないはずだ。

「さあ、歌いましょうってな、職員が音頭とって『鳩ぽっぽ』やら『どんぐりコロコロ』なんか歌わせられるんだ」

「へえ、おじいちゃんも歌うんだ」

そうさと答えたおやじが吹き出し、つられてみんな声を立てて笑った。

「そうか、おやじも歌うのか」

「元気よく大きな声を出してくださいって、カスタネット持たされてさ」

おれも声を上げて笑った。当のおやじは笑いすぎて、咳き込んでいる。おやじとこんなに笑い転げたことがあっただろうか――

どんぐりコロコロ　どんぶりこ
お池にはまって　さあ大変
どじょうが出てきて　こんにちわ

坊ちゃん　いっしょにあそびましょ

おやじは当初、この〝唄の時間〟への参加を拒んだという。するとあるとき、廊下で職員同士が話している声がしてきた。

「あれだけ頑なに参加を拒むのは、社会性が低下してきているせいで、初期認知障碍の兆候では――」

というケアスタッフの会話を聞き、おやじは〝唄の時間〟への参加を決心したという。

「あそこじゃな、偏屈な奴はとりあえずボケを疑われるんだ。いずれおまえも行ってみりゃ分かる」

厭な雲行きになってきた。

「でも、それっておかしいんじゃない」

笑い声が止むと、真由子が言った。

「参加する、しないは個人の自由じゃない。おかしいよ」

「そう思うだろ。ところがさ、個人より集団が優先するんだ、ああいうところは。そこからはみ出ると、手の掛かる厄介な年寄りってことになる」

妻も娘も眉をひそめた。それを気取《けど》ったおやじが、

「それでもさ、いざ参加してみると、ちょっと面白いこともあってな」

そう言うと、『どんぐりコロコロ』の二番を歌い出したものだ。

どんぐりコロコロ　よろこんで
しばらくいっしょに　あそんだが
やっぱりお山が　恋しいと
泣いてはどじょうを　困らせた

おやじの歌なんか聴いたことがなかった。まさか本当に認知症の初期なんじゃあるまいな――

「そうしたらさ、ひとりのバアさんが立ち上がってな、ちがいますよって言うんだ、職員に」

年恰好はおふくろと同じくらい、その昔、小学校の教師をしていた女性だと、おやじは後で聞かされる。

「困らせた――じゃなくて〝困らせる〟だっていうわけだ、そのバアさんが」

そう指摘されたスタッフだったが、あら、そうなのというふうで、取り合おうとしない。その対応に老婆は声を荒げ、あなたが間違ったんだから、素直に認めて訂正すべきだと、女性スタッフに詰め寄った。

「〝た〟だっけ、〝る〟だっけ、どっちだったたっけ」

おれたちも確かめるように、そんなことを言い合ったりした。

「なっ、おまえたちだって知らないだろ。というか、どっちだっていいことのような気がするだろう。ところがな、これがどっちだってよくなかったんだ」

おやじがひとり、悦に入って言った。

「で、どういうことなんだ、おやじ」

おれが乗ってきたとみるや、まあ待てと言い残して、おやじは小便に立った。

「ああいうとこ、おじいちゃんとお父さんって、そっくりだよね」

「そうそう。でもね、黙って聞いてやりましょ。話したくてうずうずしてたんだから」

「お母さんは、もう聞いたんですか」

「少しだけね。でもわたしじゃなく、きっとおまえに話して聞かせたいと思ったんだよ、とうさんは――」

「えっ、なんでおれなんだよ」

続きを聞けばわかるとおふくろが言っているところへ、おやじが小便から戻ってきた。

「ちゃんとシッコ出たかい」

「ああ。時間ばっかかかってやりきれねえわ。立ったままじゃ足が疲れてくるし、坐りゃ坐ったでまるっきり出なくなる。厄介なもんさ。おまえだっていずれそうなるんだ」

前立腺に不具合があるのだろう、そういう年齢だ。

「いいから続きを話せよ」

「いいか、〝困らせた〟だと、そこでこの歌は終わってしまうが、この『どんぐりコロコロ』には続きがあると、その元教師のバアさんが言うんだ。三番があるって、な」

そしておやじは今度、その三番を歌い始めた。

どんぐりコロコロ　泣いてると
なかよし小リスが　やってきて
木の葉にくるんで　胸に抱き
そのまま　お山へ　とんでった

「うわっ、なに、怖い。おじいちゃん、それホント」

「どうしてよ、どうして怖いの。小リスがどんぐり坊やを山へ返してやったんでしょ」

そこが問題だと、おやじが胸を張った。

「結末はあるんだ、どんな物語にもな。でな、解釈は真由子も正しいし、敦子さんも正しい。どんぐりは結局、小リスの冬越しの食料にされちまうとも取れるし、山でまた仲良く遊ぶ姿も想像できる。そのバアさん先生が講釈を垂れるんだ、みんなに。どうとでも解釈できるところが嫌われて、三番は歌われなくなったんだとな」

ひと息入れるふりして、お茶を煎れに立ったおふくろが、小さくおれを手招きした。

「おまえに話して聞かせれば、それがヒントになって、なにか書けるんじゃないかって、とうさんはそう思ったにちがいないだよ。わかってるだかね」

そんなことは、ハナからわかってるさ。わかってるから、困ってるんだ、こっちは——

「あのバアさん、気はきついがな、ボケちゃいない。きっと三番はあるんだ。おまえ、調べてみろや」

夜中に小便へ起きてきたおやじと、しばらくそんな話をした。

明日、敦子と真由子は東京へ帰るが、おれはもう一日残るつもりだとおやじへ告げた。

「おまえも一緒に帰れ。帰って仕事しろ。おまえ、原稿は書いているだか」

その口調は、おれが真由子に——おまえ、勉強はやってるのか——と言うのとまったく同じで、声の調子も抑揚までそっくりだ。うんざりするほどよく似ている。

「あさって、おやじがデイサービスへ行くのを見届けて、その足でおれも東京へ帰るさ」

おやじのチッという舌打ちする音が聞こえた。

案の定だ。その日の朝、調子が悪いからデイサービスへは行かないとおやじが駄々をこねだして、迎えの車を断ってしまった。

「いいか、おやじ。おれはこれでも結構忙しいんだ。今日中に東京へ戻らなくちゃならない」

「だから早く帰れと、そう言ってるんだ」

「そうしたいさ。そうはしたいがさ、おやじがデイサービスへ行かないと、おれは気持ちの整理がつかないんだ。おれがそういう人間だってことは、おやじは百も承知だろうよ」

「ふん、おまえこそ、おれがこういう人間だということを、忘れたわけじゃあるまいが」

水掛け論の果て、おれが車で施設まで送っていくことに、おやじをとうとう同意させたのだった。

助手席は乗りにくいからといって、おやじは後部座席へ乗り込んだはいいが、やれスピードを落とせだ、急ブレーキをかけられると気持ちが悪くなると、うるさくてかなわない。

「おれは三半規管が弱いから、車に酔うんだ。とくにおまえの運転はだめだ」

「だったら助手席へ乗り換えるかい。そのほうが楽だぜ」

「おれは足が悪いからな、助手席は坐りづらい」

勝手なことばかり並べたてているが、なんだか機嫌良さげにみえる。

「おれを降ろしたら、そのまんま東京へ帰るのか」

「いや、いったん家へ戻って、列車で帰るさ」

「車は――」

「置いてくよ」

「どうしてだ。乗って帰れ」

「東京で運転はしない。道もよくわからんし、電車や地下鉄のほうが確実だ。だいいち、駐車場を借りると月に三万はかかるんだぜ」

「それで実家に車を置きっぱなしにして、税金はおれが払うわけだな」

そう言ってくっくっくっと笑ったあと、おやじが、

「幸せ、幸せ。おれだけが幸せ。おかあちゃんはいつまでたっても心配事だらけで不幸せ。敦子さんはおまえに振りまわされて不幸せ。真由子は勉強、勉強で不幸せ。おまえはずっと貧乏で不幸せ。おれひとりが幸せ。おれがいちばん幸せだ」

なに言ってやがる。このクソおやじ。

タカハシは家族のなかで〝いちばん幸せな男〟がいなくなる場面が想像できない。そういう日の来ることが、恐ろしくて仕方ない。が一方で、この世から〝いちばん幸せな男〟がいなくなった様を見てみたいと、切実に思うときがある。


デイケアの施設に着くと、職員を呼んでおやじを車椅子に乗せ替え、一緒にフロアへ向かう。

「どの人だね、歌詞に三番があるって教えたおばあさんは――」

車椅子の肩越しに小声で訊くが、

「どっかその辺にいるんだろ」

やっぱり来なきゃよかったというふうに、おやじが不愉快そうに答えたから、この辺が潮と思って、

「じゃ、おれ、帰るからな」

「ああ、帰れ。気をつけろよ。スピード出すな」

家へ戻ると、どんな様子だったとおふくろが訊くから、

「どうもこうも、いつもと同じせ」

そりゃそうだなと、おふくろが笑った。

「もうひと晩、泊まってもいいだけどせ――」

「へえいいわ（もう、いい）、おんなじことだから。東京へ帰りましょ」

『どんぐりコロコロ』に三番があるかどうか、あったとしておやじが歌って聞かせた通りの歌詞なのか、まだ調べていない。事実かどうかはおれにとって、おれたち家族にとって、それほど切迫した問題だとは思っていない。

＊

私に〝いちばん幸せな男〟がこの世からいなくなったという実感は、まだありません。

それよりも私の膀胱は切迫していて、ほとんど限界です。思い切って立ち上がり、便所へと部屋を出てはみたものの、気味が悪くて足がすくみ、躰が前へ出ないのです。怖いと思えば思うほど、尿意は増していきます。やっぱり前立腺に問題があるのかもしれません。いちど検査

を受けたほうがいいのでしょうが、いまはそんなことを考えてみても始まりません。そのとき、ひらめいたのです。ビールの缶へ小便をすればいいのだと。残ったビールを八割方飲み干して、その空き缶へ小便をして凌げばわざわざ便所まで行かなくて済む。我ながらいい思いつきだと思って早速に実行してみたのですが、ことはそう簡単ではありませんでした。

プルトップの注ぎ口へ目がけて放尿するという行為は思いのほかむずかしく、慎重にちょっとずつ出すようにしても、水道の蛇口を加減するようなわけにいきません。包茎ですから被った皮をしっかりと剥《む》いたつもりでも狙いが定まらず、やっぱり散るのです。しかもビールを一気に呷《あお》った愚かな行為が仇となり、残尿感が容赦なく襲ってきます。もう埒《らち》を開けるよりなくなった私は、意を決して納棺部屋を踏み出しました。

私のこの様をヘラヘラと笑う、おやじの声でも聞きたいと思わせるほどの静寂に怯えながら、私は便所を目指します。参照苑の稼働率が年間三百日として、ここ十年で三千余人もの遺体が出たり入ったりしている計算です。その三千余人の死に方も、また弔い方もそれぞれでしょうから、なかには気を遺す霊がいるかもしれません。けれど私をこれほどに怖じ気づかせているものの正体は、死者とか霊とかに対してのそれとは、また別の恐怖心です。まるで冗談みたいにまったく音のないホールを横切りながら、死の気配を感じます。

自分もいずれ死ぬ。おやじのように老いて死ぬか、前立腺の治療を怠って病没するか、思わぬ事故に遭遇して命脈が尽きるか、誰かの恨みをかって殺されないとも限りません。

どのみち、生まれたときから死ぬことは決まっていて、生は死を克服できないのですから〝死〟は〝生〟の一部ということになるのでしょう。生と死は対立するものではなく、受け入れるべきもの。人は死を迎え入れたとき、もう列に並ばなくていい。でもそれを〝解放〟と呼ぶのでしょうか。ほかに列から離れる手立てはないのでしょうか――


やっとのことで便所へとたどり着き、チビリチビリと小便を垂れながら、いっそう背筋が寒くなります。どう理屈をこねてみたところで、先の見えない列に自分が並んでいることはまちがいないのです。

「今が大事、今が大事」

呪文のように唱えると、小便がすうっと膀胱から抜けていくのがわかりました。

エントランス脇の男便所で用を足しながら、私は決断したのです。あの納棺部屋へ戻るつもりは、もうありません。朝までこんなことをくり返しても、キリのない話です。おやじの夜伽を切り上げて、参照苑からこのまま退散する。それが私らしい決断に思えたのです。

夜伽用の線香は太さも長さも通常のほぼ倍近くあり、それに火をつけたままであることも、ビールの空き缶に散らした小便のことも、おおいに気にはなりましたが、逃げると決めたら、逃げ切るのです。いつもそうやって、生きてきたのです。

小便を出し終えたその足でメインスイッチを切りに行き、暗闇のなかを裏口へと出て、そのまま尻に帆かけて逃げ帰ってきたわけですが、そこは生来の小心者、火をつけっぱなしにしてきた線香のことが気懸かりで、結局のところまんじりともせぬうちに夜が明けます。おやじと私にふさわしい夜伽となったことでした。

朝、何食わぬ顔で参照苑へ戻るってみると線香の火は消えていて、小便の入ったビール缶や生臭い鮨なんかは、きれいに片づけられており、預かった裏口の鍵を返却する際も、青木主任からその件で問い質されることはなく、

「どうもお疲れさまでした。あの、机の上にこれが――」

置きっぱなしで帰ってきた同人誌を手渡されます。

「ここでひと晩、たった独りで夜伽するというのは、それほど珍しいことじゃないわけですか」

「いいえ、ほとんど例がありませんね。タカハシさんが初めてじゃないでしょうか」

青木主任、きっぱりしたものです。

集まってくれた人々に担ってもらい、おやじの棺を運び出して霊柩車に乗せると、山の中腹にある安曇野市営の焼き場でおやじと最後の別れをしまして、焼き上がった遺骨は親族が中心となり〝骨上げ《こつあ》〟します。きれいに残った喉仏を見て、里美と敦子が声を上げて泣きました。

出発の間際まで迷っていたのですが、

「骨になったとおさんを拾う自信がない」

おふくろは焼き場へ同行しませんでした。

おやじを骨壺へと収め、再び参照苑へ連れ帰って本葬を終え、直会までなんとか段取り通りに事は運んで、長い一日は終了しました。

「おまえ、口を開けば『おれは物書きだ』とか何とか言うからさ、もう少し実のある挨拶をすると思ったわね」

おふくろに言われるまでもなく「喪主の挨拶」ははなはだ不本意の出来でした。昨夜、夜伽しながらじっくり練ろうと考えていたわけですが、ことごと左様の始末にて私はもうヘトヘトで、葬式を段取り通りに収めるだけで精一杯だったのです。

収めるといえば、参照苑への支払いは、ほぼ青木主任が見積った額に収まりました。おやじは町の歯医者という仕事柄、いろいろとつき合いも広かったので、会葬者も二百人を超え、香典もずいぶんと頂戴しましたが、それで〝帯が締まる（入銭と出銭のバランスがほぼ合うことの意）〟というわけにはいきませんで、妹の亭主の徳ちゃんに幾らか融通してもらい支払いを済ませたことでした。現金が足りなかったのです。

おやじが亡くなると、銀行の口座はすぐに閉鎖されます。これを解いて名義を私またはおふくろの名前へ変更するためには、青木主任から渡された死亡診断書のほか、私がおやじの実子

刊行案内

No. 57

（本案内の価格表示は全て本体価格です。

ご検討の際には税を加えてお考え下さい）

ご注文はなるべくお近くの書店にお願い致します。

小社への直接ご注文の場合は、著者名・書名・冊数および住所・氏名・電話番号をご明記の上、本体価格に税を加えてお送りください。

郵便振替　00130-4-653627 です。

（電話での宅配も承ります）

（年齢枠を超えて柔軟な感受性に訴える
「８歳から８０歳までの子どものための」

読み物にはタイトルに＊を添えました。ご検討の際に、お役立てください）

ISBN コードは 13 桁に対応しております。

総合図書目録呈

未知谷
Publisher Michitani

〒 101-0064　東京都千代田区神田猿楽町 2-5-9
Tel. 03-5281-3751　Fax. 03-5281-3752
http://www.michitani.com

8 歳から 80 歳までの子どものためのメルヘン

岩田道夫の世界

岩田道夫作品集　ミクロコスモス ＊

生み出した作品は一切他人の目を意識せず、ひたすら自分のためだったと彼は述べた。極めてわずかな機会以外は作品を発表することもなかった。母の従兄佐藤さとる氏に読んでもらう以外はまったくの独学で、夥しい量の時間を、ひとり旭川で創作と勉学と研究に費やした。岩田道夫の美術作品。フルカラー
「彼は天才だよ、作品が残る。生きた証も人柄も全てそこにある。
作家はそれでいいんだ。」（佐藤さとる氏による追悼の言葉）

A4 判並製 256 頁 7273 円
978-4-89642-685-4

波のない海＊

あなたは　本棚の中で／書物が自分で位置を換え／ドオデが一冊　ゾラの上へ／攀じ登ったりなにかすることに／お気づきですか？表題作他10篇。

192 頁 1900 円
978-4-89642-651-9

長靴を穿いたテーブル＊

──走れテーブル！　言い終わらぬうちにテーブルはおいしいごちそうを全部背中にのせたまま、窓を飛び越え、野原をタッタッと駆け出しました。……（表題作より）全37篇＋ぷねうま画廊ペン画8頁添

200 頁 2000 円
978-4-89642-641-0

音楽の町のレとミとラ＊

ぼくは丘の上で風景を釣っていました。……えいっとつり糸をひっぱると風景はごっそりはがれてきました。ブーレの町でレとミとラが活躍するシュールな20篇。挿絵36点。

144 頁 1500 円
978-4-89642-632-8

ファおじさん物語　春と夏＊

978-4-89642-603-8　192 頁 1800 円

ファおじさん物語　秋と冬＊

978-4-89642-604-5　224 頁 2000 円

誰もが心のどこかに秘めている清らかな部分に直接届くような春夏秋冬のスケッチ、「春と夏」20篇、「秋と冬」18篇。

らあらあらあ　雲の教室＊

シュールなエスプリが冴える！　連作掌篇集　全45篇

廊下に出ている椅子は校長先生なの？　苦手なはずの英語しか喋れない？　空から成績の悪い答案で出来た紙飛行機が攻めてくる！　給食のおばさんの鼻歌がいろんな音に繋がって、教室では皆が「らあらあらあ」と笑い出し……

192 頁 2000 円
978-4-89642-611-3

ふくふくふくシリーズ　フルカラー 64 頁　各 1000 円

ふくふくふく **水たまり＊**　978-4-89642-595-6

ふくふくふく **影の散歩＊**　978-4-89642-596-3

ふくふくふく **不思議の犬＊**　978-4-89642-597-0

ふくふく　犬くん　きみは一体何なんだい？　ボクは　ほんとはきっと　風かなにかだと思うよ

イーム・ノームと森の仲間たち＊

128 頁 1500 円　978-4-89642-584-0

イーム・ノームはすぐれた友だちのザザ・ラパンと恥ずかしがり屋のミーメ嬢、そして森の仲間たちと毎日楽しく暮らしています。イームはなにしろ忘れっぽいので　お話しできるのはここに書き記した９つの物語だけです。「友を愛し、善良であれ」という言葉を作者は大切にしていました。読者のみなさんもこの物語をきっと楽しんでくださることと思います。

であることを証明する戸籍抄本ですとか、妹をはじめ親族の同意書などが必要になるのです。相続の揉め事を銀行は嫌います。はっきり証明されない限り、預金口座の名義変更はできないのです。そう言われても、電気・水道代からＮＨＫの視聴料に至るまで、実家の経費はすべておやじの口座から引き落とされていたわけで、どれほど面倒でも口座の閉鎖は解かなければなりません。

私はこうした手続きの作業に追われ、しばらく東京へ戻ることができませんでした。八十八歳で亡くなったのですから生命保険の類はほとんど満期支払い済みになっていましたが、迂闊なことに県の歯科医師会から支払われるはずの、例の一千万円について、どう請求していいのかおやじから聞かされていなかったのです。おふくろも、

「一千万円もらえるって話はいつも聞いてたがさ、そういう書類を見せられた憶えがないだよ」

「証書がないんじゃ、話にならんじゃないの」

私は気が立っておりました。

「おまえは金のこととなると冷静さを失う男だよ。県歯へ電話かけてみましょ。父さんが嘘つくはずないだで」

そうだ、県の歯科医師会へ問い合わせりゃいいんだ。冷静にならないといけません。

事務局の説明はなんとも当を得ないものでした。たしかにそういう積立型の年金に加入して

いたのは事実だが、すでに支払い済みになっているというのです。

「一千万円、支払い済みなんですか。どの口座へいつ振り込んだのか、調べていただけますか」

「いえ、一千万円ではありません。亡くなってからよりは、お元気なうちに楽しんでいただこうという主旨で、二六八万円を各加入者の口座へ振り込みまして、その旨は県歯から各先生方へ文書でご通知してあります。それをもって、この積立型年金は解散させていただきました。それは先生方も了承済みのはずです」

「ということは、もう一円も支払われないと、そういうことですか」

「いえ、それとは別に規定のお見舞い金を県歯から振り込ませていただきます。そのための書類一式を送付いたしますのでご記入いただき、コピーで構いませんから死亡診断書等の必要な書類を添付のうえ、ご返送願います」


「それは長野県歯だけじゃなくてさ、要するにな、年金の運用に失敗したってことなんだ。こっちでも問題になってるけど、責任の追及は誰もしないよ」

こっちというのは、東京のことです。おやじが貯めていた金冠を売る際に、口を利いてもらった私の歯科大時代の同級生に電話で愚痴をこぼしたところ、そういう返事だったのです。

「でもさ、おまえのおやじさんなんか、まだいいほうだぜ。保険が破綻するまで休業手当が出てたはずだから」

そういうものなのかと、歯医者にならなかった私は深い事情を知る由もなく、割り切れないままに得心するよりなかったのでした。

やがて県歯から届いた書類は、まったく煩雑を極めるもので、死亡診断書等の揃えなければならない、その〝等〟の書類がいったいどこにあるのか、家中をひっくり返して探さないとならなかったのです。

「おふくろ、おやじの開業年月日って、いつだいね」

「さあ、とうさんと一緒になる前のことだもんで、わからないわなあ」

「おやじのさ、九州歯科大学の卒業証書ってものを見たことはあるかい」

おふくろは知らないと言います。

「だったらさ、国家試験の合格証書は見たことあるずら。ほれ、町医者なんかへ行くと、よく額に入れて待合室に飾ってあるだろ、あれさ」

「そんなもん、見たこともないわね」

「それがないと、見舞金も請求できんぞ」

「なんでいまさら、そんなものが必要なんだね」

卒業証書か国家試験合格証に開業届けを添えて管轄区の保健所へ行き、歯科医院の廃業願いを提出して、受理されたらその書類一式を県歯へ送り返さないと、見舞金の支払いはできないと書いてあったからで、気の遠くなるような手続きです。

祖父からの手紙

御前は運強ひ人間だから悲観することはない――という書き出しで手紙は始まっている。かなり変色してはいるが、青いインクに太書きの万年筆を使っているのが見て取れる。便箋ではなく〝長野県議会〟と印刷のある二〇〇字詰めの原稿用紙に記された字面を一瞥して、好感をもった。二行分を一行に使うところといい、字体も文字の走り具合も、なんとなく自分に似ている。タカハシはそう思いながら、手紙を読み進めた。

国家試験の合格通知が未だ届かぬことに苛立ち、弟や妹たちに八つ当たりするのは良くない。どうにも手に負へないから父に叱つてくれとの電話が母よりあつた。宗久も察してゐると思ふが、県議会といふ場は戦場で、日々が闘ひ、父の戦争はまだ続いてゐる。従つて御前を言ひ聞かせるために、この場を離れ帰るわけにはゐかない。

父に宗久は国家試験に合格する自信があると云つた。だから父は信じてゐる。宗久も自分自身を信じなくてはいけない。自分が信じられないから、弟妹たちに八つ当たりのやうなことをするのだ。修養しなほさなければなるまい。万が一にも落第してゐたなら、もう徴兵されることもないのだから、また次回に受け直せばよい。人生の行路は短いものではない。そのくらゐに考えられぬ様では、歯医者など続きはしまいと父は思ふ。

冷静に思ひ返してみなさい。農業学校を卆業した宗久に歯学専門学校への受験を提案したのは父だ。けれど御前は無理だと云つた。農学校では英語をやつてゐないから、とても追いつくことはできないと。憶えてゐるだろう。だがいざ受験となつたとき、敵性語である英語が廃止となつた。宗久は期待に応へてくれて歯専に合格し、徴兵猶予となつた。あのとき父は、目には見えぬ、言葉では説明できぬ存在といふものがあるのだろうと感じた。そしてその存在を強く確信したのは、原子爆弾が長崎ではなく、本来は小倉を狙つたものだと知つたときだ。

宗久の命は、無数の亡くなつた人々への責任を負つてゐる。だから立派な歯医者となり、今度は御前が人々に奉仕する心掛けを持ち生きなければなるまい。

合格通知の届かぬ不安はよく分かる。佛僧の言も亦古いかもしれないが「降魔は先ず自心を降す」即ち克己心だ。どおか自分の心と、自分の肉体と闘つて呉れ。

父が当家へ養子に入つたとき、大西は殆ど倒産破産の寸前にあつた。この際の心の闘ひ、肉体の闘ひが父の今日をあらしめてゐる。父の処世の信條は天地に身を托す他力本願の信念だ。周囲に助けられ、どうにかここまで来られたのも、考えてみれば見えぬ力に導かれていたやうに感ずるのだ。宗久、決してあせるなよ。御前も自身を信じ、心静かに吉報を待つべし。

父より

宗久殿

追伸　金は本日為替にて送つたと母に伝へなさい。

父親が亡くなり、相続の手続き等で様々な書類を揃える必要があって、それこそ家中を引っかき回していたところ、滅多に寄りついたことのない納戸部屋の奥から、父の卒業証書、歯科医師国家試験合格証、歯科開業届けと共に、祖父廣海《ひろみ》が父の宗久へ宛てた手紙の入った紙袋を見つけた。日付は昭和二二年八月とある。タカハシはそのままその場へ蹲《うずくま》り、くり返しその文面を読んだ。

大正一四年、現在の安曇野市穂高、戦前の南安曇郡北穂高村の狐島《きつねじま》地区に男四人女四人の八人弟妹の長男として宗久は生まれている。村内の八割方が高橋姓だったため、互いを屋号で呼び合う慣習だった。当家は屋号を「大西」といい〝大西の宗ちゃん〟といえば、村でも有名な悪童だったそうな。狐島神社の境内で白蛇を見つけ、これを打ち殺して大問題になった。狐島神社の守り神は白蛇だった。母の清江は村中を謝ってまわった。

大西の生業は代々百姓だと聞いた。祖父の廣海は入り婿で、どういう暮らしぶりだったかについては、断片的なことしか聞かされていない。清廉にして公平だったと評価する人もいれば、いわゆる清濁併せ呑む豪快な人間だったとする話も聞く。いずれにせよ、大人しく百姓をやっていたとは思えない。

母の話によれば、廣海は大層優しい舅で、初孫のタカハシをとても可愛がったというが、そういう記憶がまったく残っていない。母は父のことを〝とうさん〟、舅のことを〝お義父《とう》さん〟と呼んで昔語りを聞かせた。

「わたしがとうさんと一緒になったとき、お義父さんはもう、県会議員になっていたと思うよ」

長野と松本に定宿があって、滅多にこっちへ帰ってくることはなかったが、希《まれ》に予告なしで顔を出すことがあって、そんなときは初孫に必ず不二家のミルキーの大箱を土産として持参した。そう言われてみれば、誰かに抱きかかえられ、手提げのついた不二家ミルキーを渡された気もする。微かな記憶だが、あれが祖父の廣海だったのか——

「どういう経緯で県会議員になっただいね」

「それはわからんけど、いろんな噂があったわね」

「どんな噂だい」

「もう忘れた。それにしても破産状態だったとは、知らなんだなあ。知ってりゃ嫁に来なかった。お見合いだでね、とうさんとわたしは」

もし嫁に来なければ、おまえも生まれていなかったと、母はヘロヘロ笑ってみせたが、まったくだ。祖父が父へ宛てたその手紙を読むうち、自分が原稿書きとして探すべき物語は、まるで石ころのようにどこにでも転がっていて、目の前にあっても拾い上げる気さえ起こらぬほど、ありふれた日常に埋没しているものなのだと、ひたすら感じ入った一方で、それを普遍化する技量がいまの自分にあるかといえば、考え込まざるを得なかった。

「大きな葬式で、そりゃ大変だったよ。県議会葬で、天皇陛下から勅使が来てさ。喪主を務めたとおさんがそれを受けただけど、まだ三十代だったでね、とおさんは。おまえの〝喪主の挨拶〟とは大違いだわね」

廣海は陳情団を組んで上京中、定宿にしていた本郷の宿屋で倒れ、東大病院に搬送される途中に亡くなった。死亡診断書には直接の死因として心臓衰弱と書かれているが、糖尿病の持病を抱えていたようだ。享年六十一、還暦を迎えたばかりだった。現職の議長だったこともあり、葬儀は長野県議会葬の扱いとなり、国から従六位勲五等を賜っている。

父の宗久は尋常小学校の高等科を卒えると中学（旧制）へは進学せず、百姓家の長男として南安曇農業学校へ上がる。これを卒業すれば旧制中学の卒業者と同等の扱いを受け、徴兵されれば士官候補生になれた。廣海は宗久の卒業にあたり、医者か歯医者の学校へ入れば徴兵は猶予されるが、やってみる気はないかと問うた。宗久は英語で旧制中学の卒業者と同等に競えるとは、とても思えないと答える。だったら一年浪人してはどうか。上京させてやるとの廣海の言葉を受け、宗久は東京で一年、御茶ノ水にあった研数学館へ通う。そのころから英語は敵性語であるから受験科目から外れるという噂があり、宗久は同盟国のドイツ語なら滅多なことはあるまいと踏んで、もっぱらドイツ語を勉強した。どのみち、一年浪人しても英語で旧制中学出に勝てるとは思えなかったから、英語が受験科目から外れようが外れまいが、宗久はドイツ語で受験する腹だった。

上京して半年したころ、思惑どおりに英語は敵性語として、授業そのものが廃止される。これで条件は同じになった。むしろドイツ語に専念してきた自分のほうが一歩前へ出たと宗久は考える。いよいよ受験期となり、どこへ出願するか、宗久は戦略を考え抜く。金のかかる私立を外し、合格の可能性をさんざん吟味した結果、福岡県立医学歯学専門学校（現福岡県立九州歯科大学）の歯学を受験し合格する。宗久はさっそく東京を引き払い、学校のある福岡県小倉市内の下宿屋へと移る。

卒業証書の日付は昭和二十一年十月一日となっている。

大学の歯学部は六年制、歯学専門学校は四年制だったが、宗久は終戦を小倉で迎え、三年半で繰り上げ卒業となったことになる。

歯科医師国家試験の合格証書には「昭和二十二年施行第一回歯科医師国家試験に合格したこ

とを認証する」とある。日付は八月三十日、厚生大臣一松定吉と厚生省医務局長として東龍太郎の朱印が押されている。

すでに信州の実家へ戻っていた宗久が、これを受け取ったのはひと月遅れだった。合格の通知がまだ来ないと地元の同級生へ手紙で弱音を吐いたところ、ひょっとして下宿へ届いたままになっているのではないかと機転を利かせ、すでに宗久が引き払った小倉の下宿屋を訪ねて発覚したという。宗久は小倉で開業したその同級生を生涯の友として、亡くなるまで手紙のやりとりをしていた。

＊

指定された書類をすべて揃え、長野県歯科医師会へ送付したところ、三十五万円ほどの見舞い金が振り込まれてきました。おやじから聞かされていた一千万にはほど遠い額でしたが、それはもう、どうでもいいのです。

祖父の廣海から父宗久へ宛てた手紙をくり返し読みながら、

「ああっ、こういうことか――」

と、思い知ったのです。それは〝謎が解けた〟というようなことでなく、また、おやじにはおやじの、祖父には祖父の物語があった――といった感慨ともまったく異質な、背中に電気が走るような感覚です。もし陸軍造兵兵廠のあった小倉の街に原爆が落とされていたなら、列につくどころか、そもそも私たち家族は存在していなかったわけで、あのとき上野公園で、女教祖から言われた〝左手は空けておけ〟という言葉の気配を、肌身で感じます。菓子パンと五百円玉の入ったビニール袋を右手で受け取ったあの場面、

「伝言を受け取れるのは左手――」

タカハシは大きく勘違いをしていたのかもしれません。

それは私の左手——

無名の原稿書きであるタカハシは、それゆえ言葉を弄《もてあそ》んでしっぺ返しを喰らう経験を何度となくしてきた。にもかかわらず、懲りもせずに〝予定調和〟という表現を連発していた時期がある。好んで文字にし、議論になれば声へ出して叫んだ。もちろん、いまよりずっと若いころのことで、例のライプニッツの〝モナドによる相互作用〟説なんかとは遠く乖離《かいり》した身勝手な解釈だったが、この言葉には絶妙な響きと説得力があった。

「それってさ、けっきょく予定調和だろうが」

と、こんなふうに威嚇《いかく》すれば、大抵の相手は怯む。懐に隠し持っている飛び出しナイフみたいな魅力があり、いざというとき、役に立った。当然ながら議論の相手から、逆にこのナイフで脅されることもあったわけだが、そんなときこそ大声で、

「よく言ってくれるじゃないの。だったら訊くけど〝予定調和〟のどこが問題なんだ」

といった具合に切り返す。それこそ言葉を弄ぶゲームだった。けれど連発する一方で、タカハシはこの言葉を疑うようになっていく。

ライプニッツの説によれば、予定調和が成立するには、あらかじめ神の意志の介在が不可欠らしいのだが、だとしても、物事が想定したとおりの調和に達するなどということが、果たしてあるだろうか。


父の宗久は歯医者になりたかったわけでなく、徴兵猶予のため祖父の勧めで小倉の歯専へ入学を果たす。広島へ投下されたウラン型とは別の、二発目の原爆——プルトニウム型——の威力も試したかった米軍の第一投下目標は、その小倉だった。

作戦当日、小倉の空は厚い雲で覆われ視界不良のため、B29爆撃機は第二目標の長崎へと進路を変更し、雲の切れ間から見えた浦上地区へ原爆を落とした。浦上はかつてキリシタンの集住区だった歴史を持ち、被差別部落もあった。カソリックの信徒と被差別部落出身者を含む約一五万人の命が奪われる。

その名を口伝してきた者たち、彼らが待ち侘びた予定調和とは、刹那か、それとも未来だったろうか。この問いかけは、その名にすがろうとする者たちへ、恐らくは永遠につきまとうことになる。

間一髪、難を逃れ、どうにか歯専を卒業した父は郷里の信州安曇野へ戻って歯科医を開業し、祖父が遺した厖大な借財を返済していくこととなる。

「おい、エッセン（essen）にするか」

昼時分に母へ、そんなドイツ語の単語を並べることはあったが、英単語を口にすることはなかったし、戦時下の小倉で過ごした学生生活のことを、積極的に語ろうとはしなかった。

それでも自身と同じ道を長男に歩んでもらいたいと、そう望んでいたことだけは間違いなく、けれど当の長男には兵役の義務も、負うべき借財もない。どう考えても歯医者になる理由が見当たらぬまま、ついには〝予定調和〟を目の仇に、東京へと出奔《しゅっぽん》することになる。

〝誤差〟なのだ。そういう解釈でしか、収まりがつかない。予定調和とは哲学的概念でしかなく、だから口にしたとたん、言葉の遊びになってしまう。現実が予測した誤差の範囲内に収まってさえいれば、それこそが〝かけがえのない日常〟の正体だ。あるいは日常とは、誤差の積み重ねなのかもしれない。ただし、誤差の振り幅が予測の範疇《はんちゅう》を逸脱したとき、人は思いもよらぬ行動へと駆り立てられていくのだと、そう確信するような者に、タカハシはなっていく。

ローザ、そしてマヘリア

恐らく彼女は、もうヘトヘトだったにちがいありません。疲れ切っていたんだと思います。デパートの売り子として、一日中立ち詰めだったんでしょう。毎日毎日が同じことのくり返し。精も根も尽き果てて、家路へ着くバスを待っていた――それだけのことだったんです。

やがてバスがやってきて、彼女は乗り込みます。もしそのバスが乗客であふれかえっていたなら、ローザだってそんなことは考えなかったでしょう。でも席は幾つも空いていたんです。いや、むしろ坐っている人間のほうが少なくて、バスは空席だらけだったといっていい状態でした。

ローザは手はじめに、隣のつり革に掴まり立ちしている若い黒人男性に、こう口を開きます。

「ねえ、わたしはもうヘトヘトなの。あなたは疲れてないの。もし疲れているなら、坐ればいいじゃない」

彼はその問いかけに答えることなく、ローザと目を合わせようとはしません。そこで彼女は、

「そうじゃないわよね。わたしはあなたにこう訊くべきよね。疲れているとか、いないとかじゃなくて、どうしてわたしたち黒人は、バスの座席に腰を降ろしちゃいけないのかって――」

かなり大きな声だったんでしょう。その黒人青年は関わりになりたくないという自分の意志を周囲に、とくに座席へ深く腰を落として事の成り行きを注視している白人たちに、はっきり

と示す必要がありました。

「あんた、おれに話しかけないでくれ。いいか、ヘトヘトなのはあんただけじゃないんだ」

そう吐き捨てるように言うと、彼はローザから離れて立ち直します。それを見たローザは両の手を少し広げて肩をすくめる仕草をしたあと、ある決断をすることになるわけですが、それがどれほど重大な決断だったか、このときの彼女が認識していたとは思えません。

簡単なことです。ローザ・パークスはバスの空席へ腰を降ろしたのです。理由もいたって明快で、疲れていたからです。ただそれだけのことだったんです。


空席に坐ったローザは、バックミラー越しに運転手と目が合ったといいます。でもその黒人の運転手は、すぐに彼女から目を逸らしました。すると身なりのいい白人の老婦人が、席を立って運転手に近づき、その耳元でこう囁きます。

「あなた、そのバックミラーに何が映っているのか、見えているはずよね――」

運転手は大きなため息を吐くと、バスを道路脇へ停車させ、ローザへ歩み寄り小声で伝えます。

「頼むよ、立ってくれ。オレの運転するバスで面倒を起こされると困るんだ」

「わたしはねえ、一日中立ちっぱなしだったの。坐りっぱなしのあなたにはわからないだろうけど、もうヘトヘトなのよ」

「オレにだってそれくらいわかってるさ。だが、ここはあんたが坐るべき席じゃない。そのことはあんたがいちばんよくわかってるだろ」

「ええ、よく知ってるわ。どんなに疲れていたって、はじめっからわたしたち黒人の坐るべき席は用意されていないことも、ね」

「なあ、とにかく頼むよ。面倒は困るんだ。カンベンしてくれ」

「だったら聞かせて。わたしが坐ってもいい席はどこなの。それを教えてくれたら、わたしは今すぐにでもこの席を立つわ」

だんだんと意地になっていくローザに、

「いいか、よく聞いてくれ。あんたが今すぐ席を立たないなら、オレはあんたのことを警察へ通報しなくちゃならなくなる。そんな真似をオレにさせないでくれ」

「どうぞ、そうなさい。それがあなたの仕事なんでしょ」

このやりとりに聞き耳を立てていた件の老婦人は、もう運転手の耳元でささやくことはしませんでした。はっきりと大声でこう叫んだのです。

「その黒人女を今すぐ立たせるか、それができないなら警察へ通報するのよ！　その女の言う通り、それがあんたの仕事よ」

ローザを席から立たせることをあきらめた運転手はバスを降り、警察官を呼びに行ったのでした。

やがてふたりの警官がバスへ乗り込んできて、ふたたびローザを説得します。

「いいか、降りろと言ってるんじゃない。席さえ立てば、おまえさんはこのままこのバスで、家へ帰れるんだ。簡単なことじゃないか。世話を焼かせるな」

けれど何と言われようと席を立とうとしない彼女に、

「気の毒とは思うが、こうするよりないんだ」

若いほうの警官がそう言うと、乗客たちが見ている前で彼女に手錠をかけたのです。

こうして市バスの空席に腰を降ろした黒人の罪で逮捕されたローザ・パークスは、白人乗客の拍手に送られ連行されて、そのまま拘留されたのでした。


ローザは拘置所の椅子に腰を落として、自分はなんてバカなことをしたんだろうと思うと、少し可笑しくなってきました。だって、坐ると決めたときはあんなに簡単だったのに、立つのはなぜあれほど難しかったのか——

「おまえって子はわたしに似て、かなりの意地っ張りなんだから、気をおつけ。その性格が吉と出るか凶と出るかは、神さまに祈るしかないね」

ため息まじりに祖母が言っていた言葉を思い出し、ローザは声を上げて笑ってしまいます。

後日、罰金刑を言い渡されて釈放になったローザ・パークスを待ち受けていたのは、またもや拍手の嵐でした。けれど警察署から出てきた彼女を取り囲んで拍手を送ったのは、ローザと同じ黒人たちでした。そのときでさえ彼女には、いったい自分が何をしでかしたのか、どうして彼ら同胞たちに囲まれ拍手を受けているのか、ほとんど自覚はなかったといいます。

彼女があのバスへ乗らなかったら、空席に坐る決断をしていなかったら、運転手の説得に応じていたら、乗客たちの目前で手錠をかけられ連行されていなかったら、普段どおりの日常がただ通り過ぎていったはずです。ローザは疲れていただけ。それだけのことだったのですが〝特別な時間〟は、そこから始まったのです。

日常とは平凡なもの――そう言っているのではありません。まして凡庸はつまらない――などと言っているのでもありません。誤差の振り幅に収まりきれない〝特別な時間〟は、いつだって日常のなかに潜んでいると言っているのです。さらに言えば、ちょっとした〝きっかけ〟と小さな〝決断〟が訪れる瞬間はいつだって凡庸な日常に潜んでいて、息を凝らし、様子を伺っているはずなんです。

みなさんと行動を共にできたことに感謝し、いまこの場に立っていることを誇りに思う――あらかじめ用意してきた演説原稿を読み上げていくマーティン・ルーサー・キングに向かって、とてもよく通る大きな声――それは叫びにも似た言葉――が、聴衆のなかから彼へ浴びせかけられるのです。

「ねえ、夢を聞かせてよ！」

彼、キング牧師は一瞬たじろぎ、原稿へ目を落としたまま言葉を詰まらせます。でもすぐに決断し、原稿を脇へどけると目を上げ、聴衆に向かって自身の言葉でこう語りはじめるのです──わたしには夢がある──と。

そう、「自由への行進」の"I have a dream"はこうして生まれたのです。その瞬間、あらかじめ入念に推敲を重ねてきた演説草稿ではなく、自分の思いを本音で語ることを彼は決断したわけですが、そのきっかけをつくったのは、あきらかにマヘリアです。そう、伝説のゴスペル・シンガー、あのマヘリア・ジャクソンが魂から叫んだのですから、その言葉はキング牧師の胸へと突き刺さったにちがいありません。

ねえ、原稿を読み上げるんじゃなくて、あなたの夢を語って聞かせてよ。わたしたちはそのためにいま、ここへ集まっているんだもの──。こうした出来事を〝予定調和〟と呼ぶのだとすれば、そういう瞬間が訪れることは確かにあるのです。そしてそれが不確実な未来とどう連環しているか知りたいと切望することは、少しもおかしなことではないはずです。

＊

ほぼ一ヶ月ぶりに施設を訪ねると、玄関ホールから続く食堂の隅っこのテーブルに、おふくろが独り坐っているのが見えた。近寄って顔を覗き込む。するとおふくろがビックリしたようにこっちを見て「こんちわ」と言ったから、タカハシも負けぬ気で「コンチワ」と返した。

「おまえ、いったいどういうつもりだね」

車椅子を押して自室へ戻るとたん、おふくろが眉間へしわを寄せて言った。

「どうもこうも、会いに来たんだろうよ、わざわざ東京から」

「冗談じゃないわね、東京、東京って。ひと月も顔を見せないで、放ったらかしじゃないか、わたしを」

「里美だってちょくちょく顔を出してくれてるだろ」

里美というのはタカハシの妹のことだ。

「なに言ってさね。里美は嫁に出した身、おまえはどんなに出来が悪くても跡継ぎの長男じゃないかね。だいいち里美は二人目の孫が生まれたばっかりで、それっこさ（それこそ大変で）わたしを見舞うどころじゃないわね」

「おっ、そこまでわかってりゃたいしたもんだ。頭もはっきりしてきたなあ。どうだい、ひ孫の顔は見たかい」

「見たさや。里美とリツコがサクラとランを連れてきてくれたわね」

リツコというのは里美の娘、サクラは今年から保育園に通い始め、ランは生後半年、二人はおふくろの曾孫である。したがってタカハシはサクラとランの大伯父ということになる。

「可愛かったずら」

「そりゃ可愛いさや。可愛いがなあ、わたしが気に入らないのは、それとは別の話さ。なんで長男のおまえからひと月も放っておかれなきゃならないのかってことだわね」

おふくろが施設へ入所したときに受けた認知度判定は十点満点の三点だったが、あれから一年、点数は七点まで回復している。つき添って一緒に受けたタカハシの点数も七点だった。

「おれだってさね、へえ六十五だじ。それでもこうやって毎月一回戻ってきてせ、だれもいなくなったあの家で一週間ばかり、独りで頑張ってるわけさ。それが精一杯だぞ。そこをもう少し評価してもらわんと、なあ、おふくろ」

「ふん、ありゃおまえの家だろうが。自分の家で何を頑張ってるっていうだね」

「こうやっておふくろを見舞ったりせ、おふくろが六十年もかけて溜め込んだ空き瓶やら食器やら、壊れたまんま捨てられなかったポットやらトースターやら、ぶら下がり健康器なんかを処分しつつだな、庭の草を刈ったり除草剤を撒いたりさ、数え上げりゃきりがねえわい。なあ、おふくろ、聞くけどな、なんでうちには電気掃除機が八台あるんだ。まともに動くのは一台だがな。それとさ、裏の〝けみや〟(漬け物小屋というか食料保存庫)にまむし酒の一升瓶が六本あってさ、紅茶茸の瓶が三つあるだろ、その奥にブラウン管テレビが四台積んであったがせ、あれ一台処分するのに三千円だか五千円だかかかるんだぜ。それとカビだらけの冷蔵庫二台な、あれはもう、絶望的だわ。もうな、恐ろしくて裏庭の物置には足を踏み入れる気にもなれねえわい。おれにはそんな勇気も余裕もない」

そこでおふくろが吹き出して、ふたりして腹を抱えて笑った。

おやじが亡くなって約二年、おふくろは気丈に独り暮らしを続けた。その暮らしぶりはタカハシが心配するほどの苦もないように見えた。帰ると報せればポテトサラダと茶碗蒸しを作って待っていてくれた。手早く揚げたとんかつを何十年も注ぎ足してきたタレに浸して作る特製のソースカツ丼は、いつに変わることなく帰省の楽しみであり、

「わたしは大丈夫だよ。この子がいるでねえ」

そう言って、ラッキーの頭を撫でるのが常だった。

ロングコートチワワのラッキーとタカハシは、どうにも相性が良くなかった。おやじもおふくろもこの室内犬を甘やかして下の躾をしなかったものだから、勝手なところで小便をする。帰省し玄関を開けると犬の小便の臭いが漂ってくるようになり、タカハシは辟易した。いちどはタカハシの寝床の枕元で粗相したものだから腹が立って、思いっきり尻をぶったら牙を立て、タカハシの左手に噛みついてきた。血が出たからその傷をおふくろに見せたところ、ラッキーを虐待するならもう帰って来なくていいというようなことを言われ、逆上したこともあった。

玄関で「ただいま」と声をかけるとラッキーが居間から飛び出してくる。出迎えてくれたのかと思いのほか、それがタカハシだと認識したとたん、ラッキーは「ふんッ」といって居間へ引っ込んでいく。そういう間柄が十年余も続いた。その関係性に変化があったのは、おやじが亡くなったあとのことだ。

おやじが陣取って、日がなテレビのリモコンをいじくっていた居間の〝玉座〟へ、帰省したタカハシが坐っていると、ラッキーが近寄ってきて、なんと膝の上へ乗った。なにをいまさらと思ったものの、まあこいつも寂しいのだろうと頭を撫でると、首を垂れ目をつぶって、しばらく動かなかったところをみると、タカハシとその父親には、たとえば体臭とか、どこか共通するものがあったのかもしれない。そう思ったらラッキーとの過去の軋轢《あつれき》はそれとして、なんだか無碍《むげ》にもできないような気になって、だから東京へ帰るとき「おふくろを頼むぞ」と声をかけてみたら、ラッキーが玄関まで見送りに来たので驚いた。

それからは帰省する毎にラッキーをシャンプーへ連れ行くことになった。予約をして一回に三千円かかる。月一回のタカハシの床屋代が千円だからバカらしいと思ったが、おふくろが聞かないから親孝行のつもりで通った。

小型犬というのは心臓に負担があるらしく、病院へも連れて行った。なにせ保険がきかないのでレントゲンでも撮ろうものなら、支払いは冗談みたいな金額になったが、そのころには、おふくろがこの家で独居していられるのはどうやらこの犬のおかげだとタカハシも気がついて、薬代も惜しまぬような日々が二年ほど続いた。

その暮れに、妻の敦子と娘の真由子の三人で帰省した。玄関を開けるとラッキーが飛び出してきて、真由子にじゃれついた。それを抱き上げた真由子が、

「なんか、変だね、ラッキー……」

と言った。すると妻が、

「そうよね、ぜいぜい言ってるし、いつもの暴れ方じゃないわねえ」

「もう十四歳だからな。人間でいえばおふくろと同じ歳くらいなんだろ」

そこへ出てきたおふくろが「おはるか（ひさしぶり）」と挨拶もそこそこに、

「それにしたって、ここ二、三日、どうも元気がなくてさやあ。大好物の鳥のササミもほとんど食べないだよ。すぐ息が上がるみたいで、敦子さんが言うようにぜいぜいと苦しそうでねえ。おまえ、これから野口先生んとこ、連れて行ってちょうだい」

野口動物病院はラッキーのかかりつけで、車で二十分ばかりかかる。

「カンベンしてくれよ。いま着いたとこじゃねえかい。お茶の一杯も飲ませとくれや」

「そんなこと言わなんでさ。おまえたちが帰ってくるのを心待ちにしてただよ。今日は二十九日で六時まで診てくれるけど、明日は昼までで、大晦日は休診するっていうし、年明けは四日からしか診察しないってさや。さっき電話で確かめといたで」

腕時計に目をやった娘から「じゃ今から行こう」と促され、荷物を置いてラッキーを携帯用の籠へ押し込めると、車のエンジンをかけた。

待合室は暮れの駆け込み受診のため、犬と猫であふれかえっていた。タカハシも娘の真由子も猫アレルギーで、受付を済ませたとたんにくしゃみと鼻水が止まらなくなり、順番がくるまで車の中へ避難することにした。一時間余りも待ってようやく受診できたころには、すっかり陽は落ちていた。

「椅子かなんかから飛び降り損ねたかいなあ。どうも頸椎をやったみたいだぞ、おまえ。歳も歳だし、心臓も良くねえからなあ……。とにかくレントゲンを撮ってみるでね。もう少し待ってましょ」

ラッキーとタカハシへ交互に話しかけながら、野口先生は白髪頭を掻いた。そこから三十分ほどして、再度診察室へ呼ばれると、

「頸椎が損傷していてせ、それが呼吸器に影響してるだわねえ……」

野口先生、あとはウーンと唸るばかりだった。

「このまんま連れて帰ってせ、安静にさせて様子を見とくれや。正月ってこともあるけど、うちへ入院させるより、家族といるほうが落ち着くと思うなあ、ラッキーは。なあ、おまえバアちゃんといるほうがいいよな」

「なんか薬とか、湿布とかは、どうなんでしょう」

「うーん、どうずら、あんまり意味ねえね——」

戻ったら夕飯の支度がしてあった。帰りの車のなかで娘から、様子を見るよう野口先生に言われたとそれだけをおふくろへ伝えて、あとは酔っぱらってペラペラと余計なことは話さぬよ

うにと、念押しされた。

「そうかね、薬は出なかっただねえ。まあ、診てもらえてよかった。おまえ、ずっと兄ちゃんが帰ってくるのを待ってただよなあ」

おふくろが言う〝兄ちゃん〟とは、タカハシのことを指す。食卓の下で蹲《うずくま》ったままのラッキーを見ながら、妻と娘は頷いている。


大晦日、紅白歌合戦が始まったところ、ラッキーの様子が急変した。喉に刺さった骨でも吐き出そうとするかのように、カッカッと盛んに咳き込むうち、黄色い吐瀉物《としゃぶつ》を垂らしたまま、炬燵へもぐり込んで動かなくなった。

「こりゃどうしたっておかしいわ。すぐ野口先生ンとこへ連れてってや」

「おふくろ、大晦日だぜ、今夜は。野口さんのところが開いてるわけないだろう」

「このまま放っておくだかね。ラッキー、もうらしい（かわいそう）わやあ。野口先生の見立てちがいじゃないだかねえ」

「あのな、おふくろ、薬も出なかったってことはな、もう、なるようにしかならんってことだよ」

居間のテレビのチャンネル権はおやじが握っていたから、おふくろの部屋にも小型のテレビが入っていて、そこで横になりながら『渡る世間は鬼ばかり』かなんかの再放送を観るのが常

だった。だから敦子が、

「ねえ、お母さん、ラッキーのことは〝お兄ちゃん〟に任せて、あっちで紅白を観ましょうよ」

「そうしよう、そうしよう。〝お兄ちゃん〟頼んだわよ」

真由子が背中を押すようにして、おふくろを自室へ引き取らせた。

紅白歌合戦を通して観たのは何年ぶりだったろうか。紅組が勝ち、『行く年、来る年』の除夜の鐘が画面から響く。その間、タカハシは頻繁に炬燵のなかをのぞき込んで温度を調節し、ラッキーの背中をさすり、皿に水を汲んで口を濡らした。

そのうちに『朝まで生テレビ』が始まり、例によって田原総一朗が出演者に何度も同じことを聞き返すのに辟易しながら炬燵の中をのぞくと、ラッキーの四本の足が伸びきっていた。享年十四だった。

「おい、順番がきてな、ラッキーが逝ったぞ」

二階で眠っていた敦子と真由子に声をかけ、居間の炬燵からラッキーを出してバスタオルの上へ寝かせたあと、おふくろを起こした。年が変わって元日の午前四時を過ぎていた。

「ああ、ラッキー、もうらしかったなあ、ごめんね。ありがとね、ありがとね」

おふくろは遺体を撫でながら、ありがとねと何度もくり返した。その嘆きっぷりは、おやじが逝ったときを上回るように見えた。

裏のけみやから適当な段ボールを探して棺がわりにし、そこへラッキーの遺体を入れ、ベランダへ安置した。とにかく寒い家だから、三が日をそのままにしておいたが、硬直してかちんこちんになってはいたものの傷むことはなく、ラッキーはまるでぬいぐるみのようだった。

正月四日、年始に来た妹の里美と相談して、おやじを焼いた市営の焼き場へラッキーを運んで骨にした。受付にペット用の骨壺が売られていたからそれを購入し、そこへ骨を収めた。掌へ収まるほどの大きさの骨壺は、それからずっとおふくろの寝室へ置かれることになる。

「あのときお父さん、〝順番がきた〟って言ったよね。あれ、どういう意味」

後日、娘からそう訊かれたのだが、タカハシにはそんなことを言った自覚がない。


おやじもラッキーもいなくなった家で、八十五歳になったおふくろは独居を続けた。

「テレビ観ながらうたた寝してさや、ふっと目を覚ますと誰もいないじゃん。おや、とおさんもラッキーもどこへ行っただやと思ってるうちに、ああ、そうか、みんな死んじまっただわって気がつくだよ」

そんな電話が東京へ頻繁にかかってくる。タカハシは月のうち一週間は実家へ戻るようにし、ヘルパーを頼み、おやじのときと同じようにデイサービスへも通う手続きを取ったが、これもおやじのときとまったく同じく背中が痛い、腰が痛いと言い始め、おふくろもまたデイサービスへ行くことを厭がった。近くに暮らす妹の里美の負担が大きくなっていく。

「わたしがダメになったらさ、ちゃんと施設へ行くでね。おまえたちへ負担はかけないから心配しますない」

というのがおふくろの口癖だったが、現実はちがった。脊柱管狭窄症と診断され、定期的に病院へ連れて行かなければならず、自力歩行が思うに任せなくなって、ヘルパーさんの力を借りつつ、タカハシと妻の敦子と妹の里美の三人が交替でおふくろの世話を続けたが、夜間譫妄《やかんせんもう》の症状が出始め、おふくろもタカハシも敦子も里美も、みんなが疲弊を極めていった。これもおやじのときと同じケアマネジャーの夏目さんと何度となく話し合って、おふくろの施設入所を決めた。

「どうしてわたしがそんなとこへ行かされるだね。おまえ、やっぱりあのときのことを、まだ恨みに思っているのか」

おふくろが妙なことを言い出したのは、つまりラッキーがいなくなって半年が過ぎたあたりからのことになる。最初のうち何を言っているのかわからなかったから、いよいよ本格的な認知障碍《しょうがい》が始まったのだと思って取り合わなかったのだが、そのうちに、

「皇太子殿下が通ったもんで、仕方なかっただよ。それでも一所懸命に看病しただんね、とおさんもわたしも。どうしてもおまえを助けてくれろって、そりゃ必死で拝んだだんね」

タカハシはこの言い草にまったく心当たりがなかったけれど、

「それがさ、どうしても思い出せないだよ……」

「思い出せないって、なにを――」

「おまえ、憶えてないかね、神さまの名前」

タカハシはここまで〝原稿書き〟を名乗って身過ぎ世過ぎしてきたわけだから、母親のこの話を、認知障碍が出始めた老人のたわごとと打ち棄てるわけにいかなかった。

その話を聞いたときのタカハシにとって重要だったのは〝事実〟に固執することではなく〝真実〟に近づくことだった。そのための一歩を踏み出すことだった。自分が並んでいる〝列〟の、その先にいったい何があるのかを見極めたいと思うなら、そのための準備を怠らぬことだと、そう思った。

〝事実〟はどうとでも解釈できるほどの曖昧さでタカハシを誘う。が〝真実〟とは大抵の場合、向き合うことをためらわせるほどの苛酷さをもってタカハシの前へと立ちはだかる。〝真実〟に怯え、竦《すく》む自分を恥じてどうする。怯えながら踏み出す一歩こそが〝真実〟に近づくための唯一の道であって、他には方法がない。そのために多少の信義を欠くことがあったとして、それがどうした。タカハシという人間の、これがこの節の心情だった。

坊やと日の丸

玉音放送ってものをどこで聞いたか、もう憶えてないねえ。動員先の工場だったたか、実家のラジオだったか。戦争に負けたってことは、とにかく終わったんだなってホッとしたことだけは、よく頭に残ってる。田舎町のことだもん、戦時中に落ちた爆弾は一発だけ。たしか小学校の校庭だったと思うよ。校庭ったって耕して畑にしていたし、その爆弾、不発弾だったから被害はなかったって聞いたけど、それでも〝本土爆撃〟って言葉を実感させられたわなあ。

工場動員が解除されて豊科《とよしな》女学校の授業が再開されると、疎開してきていたやっこちゃんもひろ子ちゃんも、みんな東京へ戻って行ったわね。

戦時中に疎開してきた子らはさ、夜中に布団かぶってな、泣いてるのかと思えばちがうだよ。なるべく音を立てないようにモシャモシャお菓子食べてるだよ。親が持たせた東京のお菓子さね。やっこちゃんからそれを分けてもらったことがあってさ。豆板みたいなもんだったが、甘くてさやあ。忘れられないわや、あの味。

忘れられないっていえば、玉音放送の半年ばっか前かいなあ、やっこちゃんのお父さんがうちへ来たことがあってな。やっこちゃんは三井やす子さんっていって、お父さんが前進座の中村翫右衛門って役者だったよ。やっこちゃんの兄って人が松本へ疎開していて、その長男に面会するついでにやっこちゃんにも会って帰るってことだったと思うよ。それをうちのお父ちゃんに話したら、家へ連れてこいって言うだよ。お父ちゃんは町内会で素人芝居をやったり、常磐座《ときわざ》で映画もよく観ていたから中村翫右衛門がどういう人か知ってただわな。カツ丼をご馳走したいからって誘ってみろって。それを三井やっこちゃんに話したら、本当に来ただよ、中村翫右衛門さんが。それでうちのお父ちゃん、あの時分にどう都合したもんか、双葉《ふたば》って料理屋へ事情を話して頼み込んだもんと思うだけど、ソースカツ丼を二つとってな、それを翫右衛門さん親子に振る舞っただよ。美味しい、美味しいって翫右衛門さん、すごく喜んでくれて「穂高のソースカツ丼は日本一」って色紙を書いてくれてさね。あの色紙、お父ちゃんはどこへやっただいなあ……。なんでも人にくれるのが好きな人だったでなあ。きっと双葉へ持ってっただわな。

詳しいことは聞かなかったけど、なんでも三井やっこちゃんと今村ひろ子ちゃんは前進座で共同生活しながら育ったような話だったよ。東京へ戻っても一緒に暮らすんだって言ってた憶えがあるもの。前進座ってのはそういう劇団なんだってうちのお父ちゃんが言ってたっけ。卒業して最初の同窓会にはふたりとも顔を見せてくれたけど、そのうちに手紙のやりとりもなくなって、連絡は途絶えたまんまさ。懐かしいわやあ。ふたりとも東京へ戻って幸せに暮らしてるんだろうと、そう思うことにしただわね。

戦争に負けてから五年ばかりしてさ、女学校も卒えて実家の近江屋薬局の店番しているころに縁談が持ち上がっただよ。お父ちゃんがわたしを呼んで、おまえにこれこれこういう話が来ているが、どう返事するかって訊かれただ。

相手は髙橋宗久といって、こんど郵便局の跡地へ開業することになった歯医者さんだっていうじゃない。ああ、あの人かってピンときたわね。わたしより四つ年かさで、週にいっぺんくらい歯ブラシだの絆創膏だのって店へ買いに来てたから。口はきいたことなかったけどね、顔は知ってるわね。それに噂もいろいろ聞いていたし。どんなって、好きな女の人がいるってことだったよ。狭い町のことだもの、その女の人と楽しそうに歩いてるのを見たこともあったわね。きれいな人でな。ほかに好きな女がいるのに、なんでわたしとの縁談が持ち上がっただか。わたしにしてみりゃさ、あんまり乗り気じゃなかっただけどお母ちゃんが、

「民（民江）ちゃん、おまえ、会うだけ会ってみましょ。悪い話じゃないし、県議んとこの長男だから、会いもしないで断るってわけにはいかないんね」

近江屋は、あの女将さんでもっている――って言われるくらい強かったでね、うちのお母ちゃんは。そのお母ちゃんが言うことだもんで、お父ちゃんもわたしも否も応もないわね。それで宮本楼《みやもとろう》の座敷でお見合いすることになったわけさ。

ほれ、狐島へ行く途中に暗くて細い路地があるずら。いまでこそさびれきって面影もないけど、あそこは以前「狐小路」って三業地でさ、何軒も置屋があって料理屋があって見番があって、芸者さんが大勢いてな、夕方になると三味線の音が聞こえてきたりして、話してみたって想像もつかんだろうけど、そりゃ華やかなもんだっただよ。町のおとこしょう（男衆）はみんな化かされに狐小路へ通っただんね。子ども時分、お父ちゃんに連れられて狐小路へ薬の配達に行くのが楽しみでさやあ。わたしも大きくなったら芸者さんになろうと、それが夢だっただ。

双葉も宮本楼も狐小路のとっつけにあってな、格式のある料理屋だったで、その座敷でお見合いなんて聞かされたもんでさ、そりゃ、ちょっとわくわくするような気分もあったわなあ。

何を話したかなんて、もう忘れた。県会議員だったお義父さんもわざわざ長野から来てくれてね、それは優しい人だった。お義母さんって人はいかにも家つき（跡取り娘）って感じのきつそうな人でね、うちのお母ちゃんといい勝負だったわなあ。そうそう、その席でうな重が振る舞われてさや。戦前から宮本楼のうなぎは有名だったでな。重箱の蓋を開けたとき、

「本当に戦争は終わっただいねえ……」

うなぎを頬張りながら、その場にいたみんながため息ついたっけ。宗さんだけはかぶりつくように鰻重を平らげてさ。ありゃ、よっぽどお腹が空いていただわね。

仲人口から、何か宗久さんへ訊いておきたいことはないかねって言われて、本当はさ、あの噂の女性とはどうなったのかを訊いてみたかったけど、そのあともとうとう訊けずじまいだった。

そこから十日もしないうちに、あちらさんから結納の日取りを決めたいって沙汰があってさや。わたしは女ばかり三人の真ん中ずら。姉の明ちゃん（明子）は小学二年で親戚へ養女に出たから、お父ちゃんはわたしに養子を取って薬屋を継がせるつもりだったと思うよ。だけどかあちゃんが嫁げって言うもんでさ。下に睦ちゃん（睦子）もいることだからって。お父ちゃんは薬種商の免許しかなかったでね。薬剤師の資格を持った養子が欲しかったようだけど、若い

男はみんな戦争で死んだでね、あの時分にそんな養子を探すのは、まず無理だったと思うよ。

「義父さんが県議だって、宗久さんが歯医者だって、元は百姓だでね。おまえは山ほど小姑のいる百姓家の長男のところへ行くことになるだで、それだけは覚悟しておかなきゃいけないんね。ただ良いことは、あの姑と同居しなくても済むってことさね。前の郵便局はうちから歩いて五分もかからないし、実家が近いってことは嫁にとってうんと有利だんね」

母ちゃんからそう言われれば、そうかもしれないと思うわや。いま考えりゃさ、宗さんも開業前に身を固めて、きっと人手も欲しかったんだよ。あれよあれよって間に宮本楼で結婚式さね。よっぽどうなぎが気に入ったもんだわなあ。その披露宴でさ、とんでもない事件が起こっただよ。妹の睦っちゃんの席がないから、親族紹介が終わったら帰してくれってあっちの義母さんに言われてな。うちのお母ちゃん、怒ったのなんのって。それでもお父ちゃんが仕方ないって睦ちゃんを帰してさ。とにかく義母さんって人はきつい人間だったよ。宗さんは知らん顔だったし、うちのお母ちゃんは悔しがるし、睦ちゃん、もうらしかったわや。

披露宴が終えたらさ、お義父さんのところまで宗さんがわたしの手を引っ張って行って、

「とうちゃん、新婚旅行へ行くで小遣いおくれや」

って手を出したのには驚いたよ。お義父さんから渡されたお金で松本の浅間温泉へ一泊。それがわたしらの新婚旅行だった。どんどん思い出してきたぞ。その新婚旅行でも、ひともんちゃくあっただよ。夕餉のお膳に赤いウインナーソーセージが一本ついてるのを見て、もううれ

しくてさ、いろいろあったけど、新婚旅行へ来てるんだなあ——って、ね。もったいなくてもったいなくて、最後まで手をつけなんで置いといただよ。そしたらな、

「きみ、これ、嫌いなのか。ぼくはこれが好きなんだ」

とかなんとか言ったかと思うと、楽しみにとって置いたわたしの赤いウインナーをひょいとつまんで、ひと口で食べちまっただんね、宗久の奴は。わたしはもうあきれて悲しくてな、あの義母さんといい、この男といい、これから暮らしていけるかどうだか、うんと不安になったもんせ。


結婚したその年は、そりゃもう目の回るような毎日でな。郵便局を改造した小さな診察室に治療台がひとつ。宗さんに教えられて、受付から会計までぜんぶわたしがひとりでやっただよ。診察室の奥に狭い台所作って、二階の二間で暮らしただ。お便所は患者さんと共同、お風呂なんかなかったわね。近江屋へもらい湯に行くか銭湯か。それでもわたしも若かったで、ちっとも苦にならなかったいなあ。

患者さんも少しずつ増えていって、

「なんだい、先生んとこは自転車置き場もねえだかい」

なんて言われるもんだから、道路下から玄関口までコンクリートを打ってもらって、自転車が止めやすいような工夫をしたりして。

そう、辛かったといえば、長男の嫁として月に何回か狐島へ姑を訪ねるときだねえ。田植えも稲刈りも手伝ったけど、歯医者の受付はまだしも、お百姓なんかしたことなかったから、気の回らない嫁だってよく叱られたわや。

たまに義母さんが買い物がてらにうちへ寄ることがあってさ、そういうときは宗さんが平林食堂へラーメンを二つ注文するだよ。それをあの親子がわたしの目の前でおいしそうに食べるだ。腹たって腹たって出ていこうかと思うことも何度もあっただけど、ただ義母さんって人は気はきついけど意地が悪いわけじゃなかったで、そこが救いさや。それに右雪《うゆき》ばあちゃんががばってくれたでね。

「民さやい、そのうちに慣れるでな、まずまず辛抱しましょ、いいかね」

右雪ばあちゃんは宗さんのことが可愛くて可愛くて、頼むで辛抱しとくれやねって、じっと(しょっちゅう)わたしを言い聞かせただ。

二年目に子どもができて、それでも働いたんね。妊娠は病気じゃないからって義母さんに言われて。なんせ八人生んでるでね、義母さんって人は。産み月に二階の屋根へ布団を背負い上げて日干しにしたっていう逸話の持ち主だもんで、有名な話だわね。でも気遣いはしてくれただよ。〝取り上げ婆さん〟っていう、穂高でピカ一の産婆さんを頼んでくれてさ。うれしかったわやあ。

生まれたときは狐島も近江屋もみんな大喜びさや。男の子だったもんで、義父さんから「でかした、よくやった」って、さんざ誉めてもらって。坊やの名前もお義父さんがつけただんね。でもいちばん喜んだのは宗さんさ。治療の合間に二階へ上がって来ちゃ、しわくちゃの坊の顔をのぞき込んで「猿がいた、猿がいた」ってうれしそうに手揉みしてねえ。あんときの様がいまでも目に浮かぶようだわや。大事で大事で、まるで預かりものみたいにして育てただにさ、なんであんなことになっただか……

あれは——たしか坊やがもうすぐ四歳の誕生日というころだったと思うのです。

「奥さん、奥さん、早くしましょ。お車が近づいて来てるってせ。ぐずぐずしてると皇太子さんが通り過ぎちまううんね」

隣組の婦人部長さんが何度も玄関で呼ぶものですから、飲ませかけていた牛乳のコップを手から離し、そのまま坊やを抱きかかえて表へ出ますと、ご近所のみなさんはもちろんのこと、診療の順番待ちをしていた患者さんたちも、殿下のお車をひと目見ようと出てきていたものですから、沿道はそれこそごった返しておりまして、お船祭りか飴市かというほどの人出だったのです。ただ夫の宗久さんだけは治療を続けていて、表へは出て来ませんでした。

皇太子殿下が正田美智子さんと結婚される二年ばかり前のことだったと思うのです。たしか天皇陛下の代理で松川村の植樹祭へ来られて、そのときに穂高町の本通りをお通りになったのでした。みんな手に手に、その日のために役場の人間が配って歩いた日の丸の小旗を持っています。皇太子様の乗られたお車がこの地区を完全に通過するまで日の丸を振り続けるようにとの、本通り町内会の申し合わせでした。ところがわたしはあわてて飛び出したものですから、小旗のことをすっかり忘れていたのです。

「あっ、あれだ、あのお車だわね」

誰かがそう叫んで指差した方を見ますと、人だかりの向こうに黒塗りのお車が本当にゆっくりと、小走りほどの速度で近づいてくるのが分かりました。

「坊、坊、あれが皇太子さんのお車だんね。乗ってるのは天皇陛下の息子さんだよ」

「どこどこ、ママ、ちっとも見えんよ」

坊やがそう言っておんぶをせがみましたものですから、わたしは少しでも高みになるよう、坊やをおぶってつま先立ちしたのでした。

殿下の乗った黒いお車はすぐ目の前まで来ています。尋常小学校のころから、現人神《あらひとがみ》であらせられお姿を直に見た者は目が潰れると教えられた天皇陛下のご長男が、半分ほど開いたお車の窓から、右手を上げる仕草で沿道の人々へ応えるお姿が、うっすらと見えたような気がしました。そのときです。隣にいた誰かが、それが誰だったのかもう憶えていませんが、両の手に持っていた日の丸の小旗のうちのひとつを、わたしへ手渡してきたのです。それを右手で受けたか、左手で受けたか、ともかく夢中で受け取った瞬間、背中がすっと軽くなって、全身に悪寒が走ったことだけはっきりと憶えています。

黒い車がゆっくりと走り過ぎていくのと、坊やが頭からコンクリートへ落ちていく様が、ほぼ同時に見えた気がします。ゴンという鈍い音が、わたしの頭の中で響きました。人々は夢中になって日の丸を振り続け、黒いお車を見送っていますので、コンクリートの上の坊やのことに気がつく人はおりません。わたしはまるで常盤座で映画でも観ているような気がして、ぼんやりと立ち尽くすばかりでした。

殿下のお車が完全に通りすぎると、玄関のコンクリートに横たわって口から泡を吹き痙攣している坊やと、それを見下ろしているわたしに気づいた患者さんのひとりが宗久さんを呼びに行ってくれて、何人かが手伝って坊やを奥へ運び入れ、二階まで連れて行くのは無理だろうと、一階の台所へ布団を敷いて寝かせたのだと思います。断片的で曖昧な、というよりも、そこから先の記憶がないのです。でも、

「この子が死んだら、わたしも死にますから」

と言いますと、宗久さんがわたしの目をじっと見て、

「そういうことだわな」

と言ったときのあの視線、あれだけは忘れられるものではありません。自分は何をしでかしたのか、常盤座の映画はいったいいつ終わるのだろう――息が上がり、わたしは背筋が凍りつきました。

＊

「そうだ、思い出したぞ。おふくろをママ、おやじをパパと呼ばされていたんだ、おれは」

それでアメリカかぶれとかなんとか揶揄されて、タカハシは小学生じぶんにずいぶんと辛い立場に追い込まれたことがあった。

「ふん、思い出したのはそんなことか」

驚いたことに、母親の告白話を聞かされても、思い出したのはそんなことくらいで、タカハシにはなにひとつ思い当たる節がないのだった。だから他人事のように、

「それで、坊は助かったのか」

「助かったもんで、おまえはいまここにいるずら」

まあ、それはそうだ。

坊やはそこから七日七晩人事不省のまま目を開けることなく、若き父親と母親は台所で横たわる息子を、ただただ見守るしかなかった。

「なんで台所へ寝かされたままなんだ。病院へは連れて行かなかっただかい」

「すぐに向かいの小倉先生が駆けつけてくれて、絶対に動かすなっていうだもんで」

「小倉先生って、女医さんのか。あの人は内科だろう。坊は後頭部からコンクリートへ落ちたんだよな」

「内科だってなんだって、医者は医者だわね。親身な先生でな。とおさんとしきりに話し合って、このまま動かさないほうがいいってことになっただ。あとはわたしに任せなさいって女医さんが言うもんでさ」

とにかく頭を冷やし続けろと指示された母親は、

「冷蔵庫もなかったし、氷なんか手に入らなかったでね。井戸水を汲んでさ、一睡もしないでおまえの頭を冷やし続けただ」

小倉の女医先生は朝に昼に晩に夜中にと、休診日にも往診してくれて、聴診器を当て、脈を診て、毎日注射を打った。

「あとはもう、この子の生命力しだいだわね」

数日がしたころ、女医先生にそう言われ、若い母親はひたすら祈った。

「いま考えれば、とおさんは冷静だったよ。諦めていたわけじゃなくて、おまえには死ぬ理由がないって、信じていたみたいだった」

「死ぬ理由って、どういうことさ」

タカハシの問いかけには取り合わず、おふくろがまた、妙なことを話し出す。

「何日目かにさ、紅いチャーシューの塊を持って、シュウさんがお見舞いにきてくれただよ」

何を言っているのかさっぱりだ。どうにも話の辻褄が見えてこない。そもそもが胸に落ちないことばかりだ。

「シュウさんってだれ、チャーシューってなに」

シュウさんは夕方から狐小路で支那そばの屋台を引く、おふくろとは娘じぶんからの顔なじみだった。おやじと結婚してからも、銭湯の帰りがけにその屋台で若い夫婦は、ごくたまに支那そばを食べた。紅色に縁取ったシュウさん自慢のチャーシューがお気に入りだった民ちゃんは、

「シュウさん、わたし支那竹はいらないから、そのぶんチャーシューをおまけしてね」

小娘のわがままにもシュウさんは笑って、一枚余分にチャーシューをのせてくれるのが常だった。そのシュウさんが、町の噂で坊やとその母親の悲運を聞き、紅いチャーシューの塊を持って見舞いにきてくれたのだった。

「神さまってもんは、ほんとうにいるだかいねえ……」

憔悴しきって思わずそう洩らした若い母親に、

「奥さん、気をしっかり持ちましょ」

娘じぶんから民ちゃんの気質をよく承知しているシュウさんは、こう語りかける。

神さまってものはねえ、いつも人間からいろんな頼み事をされて疲れ果ててるでね、ずっとうつらうつら居眠りしてるだいね。とくに人の生き死にに関わる頼み事なんてものは、疲れるでねえ。みんな〝神さま神さま〟って、手を合わせて呼びかけるもんでせ、なるべく聞こえないように寝たふりするだいね。だけんどせ、名前を呼ばれるとハッとして目が醒めるだいね、

神さまだって。名前を知っている者はそんなにいないでね。近江屋のおばさんには民生委員のときから、うちの母親のことでずいぶんとお世話になったでねえ。だからってわけじゃないけどせ、名前を教えましょうねえ、神さまの。一所懸命に呼びかけてみましょ。

息子の命を救ってほしいと素直に呼びかけりゃ、神さまはきっと受け容れてくださるはずせ。だがね、もしそれで坊やが助からなければ、それが神さまの答えだでね。神さまを恨んだり、見捨てられたと絶望しちゃいけないんね。それは神の名前を口にするときの約束だんね。それからせ、神さまからの「伝言」は左手でしか受け取れないでね。そのことを忘れないで、坊やのために頑張りましょね。

藁にもすがる思いの若き母親は、左手でしか受け取れないとは、どういうことかと聞き返す。ほれ、利き手が右手って人が多いずら。だでせ、右手は生きていくために使うだけでそれこさ手一杯さね。苦しんだりもがいたり、掴まえたり、必死せ。右手に余裕がないのは、そりゃ仕方ねえことせ。だから右手ってものはせ、左手のことを斟酌《しんしゃく》する余裕なんかねえだいね。それを支えるのが左手せ。奥さんも知ってると思うが、うちのおふくろは日本人じゃないでね。それを承知で一緒になったおやじは右手せ。生きていかなきゃならないで、余裕なんかあるわけねえだいね。

だから右手に、神の名前を告げても意味はないとシュウさんは言い放った。何度教えてもわからない。だがそれを責められない。無理もないことだとシュウさんは続けた。

シュウさんは母親が自死する前日、神の名前を打ち明けられた。

「なるべく左手は空けておきましょ。神さまはな、おまえの左手を突っついて教えるでな」

それが彼《か》の地の口伝だと、母親はシュウさんへ言い残した。

「いいかね、奥さん。もういちど言うが、願いを聞き入れてもらえなくても、神さまってものはいるだでね。疑っちゃいけんじ。絶望しちゃいけんじ。恨んじゃいけんじ。それは神の名前を口にする者の約束事だでねえ――」

昏睡から八日目の朝、

「ママ、ぼくの牛乳はどこ?」

目を醒ました坊やが、そう言った。つき添っていた若い母親は飛び上がって夫へ知らせた。それを聞いた夫は裸足のまま玄関を飛び出し、向かいの小倉医院から女医の手を掴んで、息子が寝かされている台所へと引っ張ってきた。

「先生、あの日、飲みかけの牛乳があったんです。それをいま、坊が欲しいって――」

まだ若い母親のこの言葉に、女医さんは気が抜けたような笑顔を見せて、坊やを言い聞かせる。

「まだ牛乳はダメだんね。もう少し我慢するだわ」

坊やはいかにも不平そうに、ママとパパを見上げた。

はじめてゴーストライターの仕事を紹介してくれた人間が、

「名刺ぐらい作りなよ。あんたのことなんか誰も知らないんだから、名刺もないんじゃ仕事にならんでしょうが」

おっしゃるとおり、タカハシは不可視の者。

「だからこそ〝ゴースト〟なんじゃない、おれは」

そううそぶいてはみたものの、まあ、名刺くらいは必要か。名前と連絡先は入れるとして、さて肩書きはどうする。やっぱり〝ゴーストライター〟か。

「そこまで書くことないでしょ。開き直りだと思われるし、嫌味だよ」

ではいっそ名前だけで肩書きはなしとするか。

「だからさ、名刺に名前だけで通用するような人間じゃないんだって、あんたは。どうしてそう格好つけたがるかねえ。〝フリーライター〟でいいんだよ。その辺にごろごろしてるライターのひとりですと、それを伝えるための名刺でしょ。そこんとこ自覚してもらわないと、仕事振れないよ」

貴重なるアドヴァイスを頂戴し作った百枚の名刺は、けだしちっとも減らなかった。

「なんで出し渋るんだよ、名刺を。なんのために作ったのさ」

出し渋っているわけではない。どうしてもしっくりこない。ゴーストという仕事は何度やっても慣れることがなかった。本文はもちろん、前書きから後書きまでまるまる一冊お任せの著者たちは、タカハシの原稿を読み終えたあと、口を揃えてこう言うのだった。

「小説じゃないんだからこんなまわりくどい言い方じゃなくてさ、もっとはっきりと書いて欲しいんだよ。私は神さまとの直通電話を持っている存在なんだと」

金は必要だったがタカハシが手にするのは、とてものこと、魂を売り渡すにはほど遠い額だ。だいいち、直通電話があるんなら自分で交渉すりゃいいじゃねえかよ、神さまと――

そんな折も折、記事広告の仕事かなんかで名刺を交換した大手代理店のお坊ちゃまが、

「フリーランスって、大変でしょ」

手渡した名刺を見ながらつぶやいた。それを聞いたタカハシ、そうか〝フリーランス〟は良い響きだなあと思ってしまう。根拠のないプライドはあっても、残念ながらタカハシにはそのプライドを裏打ちするほどの学も実績もない。いろんなことをちょっとずつ知ってはいるものの、所詮は半可通、知識の底は浅い。

タカハシはその翌日に名刺を作り直すことになる。肩書きを〝ライター（フリーランス）〟としたことは言うまでもない。出来上がってきた名刺を手に、タカハシはひとり悦に入った。そこからかなり積極的に名刺交換するようになっていくのだが、つけ焼き刃は剥がれやすく、独りよがりは長く続かない。

某ホテルのロビーでのこと。ある老大家に面識を得る機会があって、タカハシはほとんどすれ違いざまという体で名刺を差し出してみる。それを受けると立ち止まったまま、しげしげと眺めていた老先生が顔を上げた。

「あなた、フリーランスという言葉の意味をご存じですか」

「あっ、それはその、つまり、自由でいることの代償として貧乏を受け容れます――というか、自分はそういう原稿書きですといった意味を込めたつもりでして……」

うだうだと並べ立てたタカハシのご託をさえぎった先生が、

「ぼくが受け持っているゼミ生たちのなかに、小説を書きたいという者が何人かいるんだけれど、彼らがぼくのところへ相談にやってくる目的の第一は、出版社を紹介して欲しいっていうやつでね。ところが実に奇妙なことに、原稿を持参する者はまずいない。ぼくに作品を読ませたいわけじゃないんだな。うっかり読ませてつまらない批評でもされたらたまらない。だから自分の小説を読んでくれる編集者を、ぼくに紹介してくれというわけです。小説原稿を持参したうえで論評を求められるなんてことは、ここ何年もない」

老人は薄笑いしながら続けた。

「そのつぎに多い相談がね、自身を売り込むための名刺を作りたいんだけれど、肩書きをどうすればいいでしょうかっていうやつでね。これ、ほんとうの話ですよ。作家でも小説家でも、好きに書けばいいじゃないかと言ってやるんだが、そこは彼らも、そうもいきませんよと答える。その程度の自己認識はあるらしいんだな」

タカハシは愛想笑いを返しつつ、全身にさぶイボ（鳥肌）が立ってくる。

「まあ、自分の名刺に入れる肩書きについて悩むという神経を、ぼくは嫌いじゃないけれど、ねえ」

そう前置きした老人はタカハシの名刺を指差し、

「あなたがどんな原稿をお書きになるか存じ上げないが、貧乏を気取って生活が破綻していく文学青年たちを嫌というほど見てきた身として、この名刺の文字面からあなたが意図するメッセージは伝わってこない。はしゃいでいるようにしか見えません」

きっぱりと言い放ったものだ。

「フリーは未組織の者ということであって、自由とはちがう。ランスは槍のことです。フリーランスというのは〝一本槍〟です。主を持たず己が槍一本で食いつなぎ、金しだいでは敵にも味方にもなる、どちらにも転ぶ極めて厄介で不自由な身の上の者だと、これがぼくの解釈でね」

何か返さなければと思うのだが、タカハシは言葉を見つけられない。

「だったら……どうすればよいのでしょうか」

やっと絞り出した問いに老人は、

「肩書きのことなら、好きに書けばいいでしょう。ぼくは誰にでもそう答えることにしています」

よって、タカハシはその翌日にカッコをはずした名刺を、再度刷り直すことになる。

仕事のあるなしや収入の有無にかかわらず、今日の今日までライターであり続けようとしてきた。いつの日か自分の名刺から〝ライター〟という文字が消える日の来ることを信じ願って、どんな手段を労してでも、夢を喰らい、家族を巻き添えに、この年齢へとたどり着いた。


振り返りますれば何度となく似たような経験をしてきましたにもかかわらず、タカハシというこの男、学習するということを知りませんで、子ども時分に母親の背中から落ちて、したたかコンクリートに後頭部を打ちつけたせいで、脳に少なからぬ障碍を負ったにちがいありません。

高校二年で小説家になる決心をしたはしたのですが、小説どころかそれらしきものすら一行も書いたことはなく、親元から大学へ通うようになってもただ悶々と過ごすばかりで、どうしたら小説家になれるのか埒が開きません。そんなとき、隣町に芥川賞作家の丸山健二が住んでいると人伝てに聞かされまして、後先も考えず面会に行ったのが二十一歳のときのことです。事情を説明するとすんなり応接間へ通され、奥さんが冷たいお茶とピーナッツを運んできてくれた記憶がありますから、あれはたぶん、夏だったのだろうと思います。挨拶が済むか済まぬかうちに、

「で――」

と言って丸山さんが手を突き出したものですから、大学生は持参した安曇堂菓子舗の折を差し出したところ、若き芥川賞作家はあきれたようにヘラヘラと笑いだし、

「そうじゃなくてさ、原稿だよ。持ってきたんだろ。原稿を見てからの話にしようじゃないか」

そう言って、射るような目で学生を見据えたのでございます。

「じつはまだ小説を書いたことはないのです。これから書こうと思っているのです」

「ほう、これから書く……ねえ。よし、わかった。だったら、これから書こうというその小説のあらすじを聞かせてもらおう。それくらいは頭にあるんだろう」

丸山健二は笑いもせず怒りもせず、深くソファーに坐り直すと、奥さんが運んできたピーナッツに手を伸ばし、しきりに食べ始めたのでした。

大学生は弱り切ってしまいました。というのも、まだ一行も小説を書いていないくらいですから、そもそもあらすじなど話せるはずもなかったのです。

「あるひとりの男がおりまして、これが主人公の大学生です。父親の職業を継いで歯医者になろうと学校へ入ったのですが、自分には向いていないことに気づいて、それで小説家を志し、東京へ出奔するという――」

しどろもどろにそこまで話したときでした。

「わかった、わかった。もういいよ。きみはぼくのところへ小説の手法について話に来たわけじゃなくて、人生相談に来たってことだ」

一拍あって、

「きみみたいな若いのがよく来るんだ。そういうとき、ぼくははっきりと伝えることにしている。きみに小説は書けない。断言するよ。きみには小説は書けない。歯医者の学校へ行っているんだろう。そのまま卒業して家業を継げばいい。きみに他の選択肢はない。よせよせ、小説を書こうなんて考えるな。書けっこないんだし、書く理由もないだろう。奪われたことも盗んだこともなく、犯したことも殺したこともなく、殺そうと考えたことさえない。そんな奴に小説が書けるわけがない。こうやって話していると、きみには外連味《けれんみ》がない。人も良さそうだし、正直そうだ。そこがきみの救いだ。でも小説は書けないよ。どんなに努力しても、きみに小説は書けないんだ」

さすがに自分の失敗に気づいた世間知らずの気弱な若者は、とりとめるのが精一杯で、よく昏倒しなかったものです。作家はしかし、目の前の正直者の様子などにお構いなく、冷たいお

茶を一気に飲み干すと、

「これだけ言っても、きみは小説を書こうとするんだろうなあ。だからきっと、学校を辞めて東京へ行くだろう。諦めないとか、努力するとかいうことと、小説が書けるかどうかは、まったく別の話なんだけど、そのことに気がついたときには、きみはもう人生の後半にさしかかっていて引き返せない。手遅れだ。ぼくには手に取るようにわかる」

東京へ出たはいいが、これといった当てはない。小説のようなものを書いて新人賞へ応募するが、予選も通らない。それでも何年かするうち、人間関係もできてくる。

「小説とはぜんぜん別物だが、原稿を書かせてもらう機会はあって、いくつか活字になったりするかもしれない」

酒を呑み、それが縁で中央文壇の周辺をうろうろするような者になっても、きみは自分の選択が間違っていたことに気がつかない。だからあがき続ける。

「そうやって食い詰めて、結局は穂高へ帰ってくるんだけど、都落ちだと思われたくなくて、こっちで同人誌かなんか始めることになる。それでも大した小説は書けない。書けっこないよ、書けるわけがない。でまかせ言ってるわけじゃなくて、ぼくにはわかるんだ。必ずそうなる」

青年の喉はカラカラでしたが、いま冷たいお茶を含んだら確実に吐くだろうことがわかっていましたので、俯いたままで若き芥川賞作家の言葉をやりすごすしかありませんでした。

「小説というものがどういうものか、きみはまったく理解していない。おれは酒を呑まないし、文壇と称するものとは縁を持たない。こうやって田んぼに囲まれた家でさ、百姓が働き始めるのと同時に原稿用紙に向かう。書けても書けなくても、彼らが手を休めるまで、おれも机から離れない。毎日が闘いなんだ。百姓と闘ってるんじゃない、自分と闘ってるんだ」

そして最後に、こうとどめを刺した。

「きみさ、東京へ出て行って列に並ぼうと思ってるんだろうけど、たとえ列に着けたとしてだな、永遠にきみの順番はめぐって来ないいんだ。おれがきみの歳には、もう芥川賞をもらっていたよ。自慢で言ってるんじゃない。東京へなんか行かなくても、東京が向こうからやって来るんだ。列はどこにだってあるんだ。まあ、おれがなにを言ってるのか、いまのきみにはわからんだろうなあ」

ここまで鮮明に憶えているのに、タカハシは丸山宅を辞した後どうやって自宅へたどり着いたか、その記憶がありません。

そしてタカハシは、親戚でもない丸山健二先生が、あそこまで親身に諭してくれたにもかかわらず、やっぱり東京へ出奔するのです。思い詰めたタカハシは、渋谷の東横デパートの文具売り場で、消しゴムを万引きしてみるのです。新宿の映画館の暗闇で女の尻を触って、背中を思いっきり叩かれてみるという、見当違いをやらかすのですが、意味のわかっていないタカハシに、小説は書けなかったのです。それからのタカハシは、丸山健二が「手に取るように分かる」と断言した人生を、ひたすらなぞっていくことになるのでした。

「いやあ、お久しぶりです」

と、男が言った。すれ違いざまにいきなり声をかけられたものだから、タカハシはかなり動揺しながら男の顔を確認したのだったが、見覚えはなかった。

「偶然って、あるもんですねえ。私、タナカです。その節はいろいろと――」

はっきりした口調で〝タナカ〟だと名乗ると、男はタカハシへ向かって深々と頭を下げた。

西浅草にある集来軒のラーメンが五十円値上がって六百五十円になっていた。消費税が上がるたび五十円ずつ値が上がる。なぜ五十円単位なのだろう。切りがいいからか。支払いをしながらなんとなくわだかまった。

国際通りを渡って東武浅草駅のほうへ六区通りを歩きながら、やっぱり翁庵にしておくべきだったかな……などと、くよくよする。値上り分の五十円が惜しかったわけではない。こういう心持ちはなかなか説明がむずかしい。が、その説明のつかない心根の底にあるものが、原稿書きとしてのタカハシを辛うじて支えてきたことは、疑う余地がない。

判断ミスということか。翁庵だって盛りもかけも五十円値上がりしたが、それでも手打ちで四百円は破格だ。値の安い分、小麦粉の配合率は高いにちがいないが、だからこそのカレー南蛮そばは、絶品といっていい。これも五十円値が上がって六百五十円になった。つまり集来軒のラーメンと同額である。味や気分は比較できないが、食べごたえからすればカレー南蛮に利がある。ただその日、タカハシはジャケットを着込んでネクタイまで締めていたから、カレー南蛮はすすりづらかろうと考えて、昼飯の選択肢から外したのだった。

伝法院の前を通り、仲見世を突っ切って柳通りに入る。二つ目の筋を右に折れるとメトロ通りで、そのまま行って新仲見世のアーケード街に出たら左折する。駅前通りの横断歩道を渡ると正面が松屋デパートで、東方電鉄浅草駅はその二階に位置している。各停に乗ってひとつめが旧業平橋駅。いまは「東京ゆめみやぐら駅」と名前が変わったその改札を抜けてしばらく歩くと、電鉄本社ビルへと行き着く。

師走も半ばのこと。金曜日の午後二時半にお待ちすると本社の役員からメールをもらっていた。だからタカハシはその日ジャケットを羽織り、慶弔以外にしたことのないネクタイを締め、菓子折を下げていた。

柳通りからメトロ通りへ入ったところで腕時計を見たら、まだ二時になっていなかった。このままだと早く着きすぎる。遅れるのは論外として、早く着きすぎても迷惑をかける。そんなことを思い思いしているときに、男から声をかけられたのだった。以前は「ボンソワール」という名の、浅草でも知られた老舗の喫茶店があった辺りだと思ってもらえばいい。頭の中で本社へ到着までの時間を計算しているところだったから、タカハシは意表を突かれた感じになった。

年恰好は中肉中背で六十代後半といったところか。少なくともタカハシよりは年長に見える。なんとも親しげに笑いかけてくるのだが、どうしても思い出せない。誰だったっけ……見覚えはないのだが、相手方の勘違いだとは断言できないような、タナカはそんな雰囲気の男だった。茶系のショートコートに、同系色のマフラー、ハンチング帽をかぶって、焦げ茶色のズボンはポリエステルと思う。合皮製らしい靴だけが黒だった。男は師走の金曜日の午後に浅草を歩くための、ほぼ完璧な服装に映った。そういう意味ではその日のタカハシもまた、クライアントに呼び出された初老のライターとしては、ほぼ正装に近かったはずだ。

「タナカさん、って……失礼ですけどぼく、ちょっと、記憶が……」

「わたしねえ、何度かあなたたちのお手伝いをしたことがあるんです。ほら、梱包されてきたやつを台車で運んだりして――」

〝何度かあなたたちのお手伝い〟〝梱包されたやつを台車で運んだ〟このふたつのフレーズを聞いて、タカハシはようやくピンときた。

「ああ、東方電鉄の広報で――」

「そう、そうです。思い出していただけましたか。わたし、あれから定年になりましてね。そのあとも嘱託で二年ほど行っていたんですが、いまはもう、ねえ」

「そうですか、東方電鉄の、タナカさん……。それは、それは。いや、失礼しました。定年……で、なるほど」

東方電鉄が毎月発行している広報誌の編集にかかわって、もう二五年が過ぎていた。その仕事はタカハシの生命線といってもよく、無署名のインタビュー原稿のほかに、わがままを言って署名でショートストーリーなども書かせてもらっているのだった。

そういえば以前、列車のシーンが印象的な映画ばかりを集めた別冊をつくったことがあって、何日も徹夜して入稿し、ようやく刷り上がった別冊が印刷会社から納品されたとき、その包みを台車に乗せて広報部がある本社ビルの二階へ運び上げたことがあった。あのときに手伝ってくれた広報の人……なんだろう。タカハシはそう見当をつけた。

「で、今日はどちらへ」

笑顔を崩さぬまま、タナカがタカハシに訊いた。

「それが、偶然ですねえ、電鉄の本社へ行くところなんです。年末ですから、広報部のみなさんへご挨拶がてらに――」

男は、それはいかにも偶然だという表情を見せたあと、逸らすように、

「そうですか。ぼくはねえ、弟が大井にいましてね。定年で暇してるんなら、ちょっと手伝

いに来てくれよなんて言うもんだから」

タカハシには意味が分からない。電鉄を退職してもやることはあるんです——そんなことだろうと思うから、ハアハアと生返事しながら男の話に相槌をくれる。と、

「まあ、馬糞運びですよ。あれ、なかなか大変でねえ」

ああ、そうか。大井というのは競馬場のことか——。やっと話が見えてきた。

「汚れ仕事なんですけどね、でも、たまにいいこともあるんですよ」

そこでタナカは声を潜め、半歩タカハシへ近づくと、

「じつは昨日もね、兄さん、ちょっと教えてもらったからって弟から耳打ちされて、ほら——」

タナカがコートのポケットへ左手を突っ込んだ。で、その手を半分持ち上げた瞬間、二つ折りにして輪ゴムで止めた一万円札の束が見えた。

「うわっ、うわっ、うわっ」

はしなくもタカハシは声を上げてしまった。一瞬だったが確実にタカハシへ札束が見えるようタナカは左手を出し、すぐにまた、その手をポケットへと収めた。

「ははは、こんなこともあるんです。百六十八万ですよ」

タナカは堂々として屈託がない。それを見せられたタカハシは、屈託だらけだ。

広報誌の読み切り連載を、一冊にまとめてもいいという出版社が現われた。そういう話をも

らったのは初めてのことだった。発行部数七万部の広報誌に十年連載しているのだから、掌篇とはいえ単行本にするくらいのボリュームはある。無料配布の読み捨て冊子にせよ、どうしてそういう声がかからないのだろう。本当に誰か読んでいるのだろうか。たとえひと駅の暇つぶしにせよ、自分の書くものを読んでくれる人間が、現実に存在するのだろうか――そんなふうに苛立っていたところへの電話だった。

自身も毎朝東方電鉄で通勤していて、月末に駅で配布される広報誌を楽しみにしているひとりだと、若い編集者から連絡があった。タカハシに会いたいという。会って話がしたいという。

「面白いですよ。すごく面白い。最初はね、広報誌の読み切りなんて――と思っていたんですが、読んでみるとこれが面白くて、どんな人間が書いているんだろうって、ずっと興味があったんです」

大手とはいえないが、一応名前のある出版社からのオファーだ。

「編集会議にかけまして、出版部長の諒解も得ています。念のため申し上げておきますが、うちは自費出版はやりません。印税も重版した場合にはお支払いします。ハードカバーってわけにはいかないですが、良い本にしたいです。だって内容が本当に面白いんですから」

タカハシは舞い上がった。

「ただひとつ、編集会議で上からの懸念があがりまして……」

そのひと言はタカハシの不安をあおるに充分だった。

「内容とは別の話になることをご理解いただきたいのですが、あなたが無名のライターであるという点がわが社にとってのリスクになるというのです。十年間も広報誌へ連載なさっているのですから、連載そのものの知名度はあると、ぼくは反論しました。だったら単行本化にあたって、東方電鉄さんに少し応援してもらえないかと、そう言うんです、上が――」

「……応援とは、具体的にどういう意味ですか――」

「初版三千部として、千部程度を東方電鉄の主要駅売店で引き受けてもらうわけにいかないでしょうかねえ」

二十五年のつき合いになる。親しくしてもらっている役員もいるから、それとなく打診してみるとタカハシは答えたものの、一介のライターにすぎないタカハシに、そんな政治力があろうはずもない。それでも何でも、この機会を逃したくない。タカハシの思いは、切実極まりないものになっていた。さんざんに考え抜いた挙げ句、タカハシは担当役員にメールを入れた。

「いまの連載を本にしてやろうという出版社があります。この機会を逃したくないと思っています。ついては、もし実現した際、三〇冊程度を誌上で読者プレゼントしたいと思うのですがどうでしょう。ご迷惑はかけないようにしますので、ご配慮いただければありがたいです」

これがタカハシにとって精一杯のところだった。金曜日の午後二時半にお待ちするという役員からの返信メールに、だからタカハシはネクタイを締めジャケットを羽織り、手土産を用意して出かけてきたのだ。遅れるわけにはいかない。

千部を各駅の売店で引き受けてもらうなど、切り出せる話ではない。千部は自身で引き受ける。タカハシはその腹づもりだ。並製で一冊千二百円。その八掛けとすると九十六万円。増刷されない限り、なんだかんだで百万円の持ち出しは覚悟しないといけない。タカハシは集来軒のラーメンをすすり、ため息を吐きながら歩いていたとき、タナカというその男に声をかけられたのだった。


「すごいですねえ、いやっ、すごいですよ」

札束を見せられたタカハシは、周囲に聞こえるほどの大声で感嘆した。男はそれを制するように左手の人差し指を唇に立てる仕草をしたあと、

「ねっ、すごいでしょ。でも滅多にないんですよ、こんなこと。暮れの、この時期だからですよ」

タカハシの耳元でささやいてみせる。事情もよく分からぬまま、そうなんだろうなあ——と、タカハシは得心し、頷いた。それを見たタナカが、

「競馬は——やられるんでしょ」

「いや、まったくやったことがないです」

「おや、そうですか——」

このタナカと名乗る男に声をかけられてから、初めて会話に間があいた。その息詰るような

二秒間の沈黙を経て、

「じつはぼく、今日もこれから教えてもらいに行くんですよ。せっかくこうやってお会いしたんだから、あなた、少しお小遣いを稼いでいけばいい」

タカハシを誘った。

「あっ、いえ、それは――」

「いや、たくさんはダメですよ。欲をかいちゃいけない。それが教えてもらうときの弟との約束です。それと、他人には洩らさない。これは絶対です。でも久し振りにあなたと会って、少しご恩返しがしたい。あなた、そういう気分にさせてくれる人だ。以前とすこしも変わっていない」

なんだろう……、タカハシは判断がつかなくなっていく。

「どうですか、五〇くらい稼いでいけば。五〇ならお小遣いになるでしょう」

五〇とは五十万円のことか。いまそれだけあれば――と、タカハシが思わぬはずはなかった。

「ものの二十分ですよ。そのくらいの時間はあるんでしょ。ああ、そうか、失礼ながら持ち合わせがないようでしたら、ぼくがお貸ししたっていいんです」

その日、タカハシの財布には三万なにがししか入っていなかったのだが、それだって常よりは持ち合わせているほうだ。何が起こっても三万あればほぼ対応できる。タカハシは原稿を書いて糊口を凌ぐと決めたときから今日まで、ずっとそういう生活をしてきた。したがって、そのときのタカハシの認識からすれば、金の持ち合わせはあった。

「二十分なら、いいでしょう。それくらいの時間は何とでもなるんじゃないですか。こういう話はね、この時期じゃないと出てこない。年末ですから、ね」

タナカが詰め寄る感じになった。本当に二十分で済むなら、ぎりぎりで間に合うのではないかとタカハシも思った。しかしどう考えても大井まで行って戻ってくるのに二十分は無理だろう。

「私、本社で二時半に担当役員と待ち合わせしてましてねえ――」

返信メールには広報部長も同席するという一文が付されていた。タカハシから言い出した話だ。どうしても遅れるわけにいかない。役員と面会し、広報部長と話したからといって、それでタカハシを取り巻く状況が劇的に変化するとは思えない。展望はまったくない。それでも、たとえ一分でも遅れるのは嫌だった。

「そうですか、それは残念。それじゃあ、また――」

タナカは笑顔を崩すことなく、左手を軽く帽子に添え、出会ったときよりは浅めに一礼すると、タカハシと背中合わせに柳通りの方向へと去っていく。なんだかひどくあっさりと身をかわされた気がして、男の別れ際の態度に拍子抜けしながら、タカハシも新仲見世のほうへと歩き出す。

「あっ、そうか、二十分で済むって、そういうことか」

大井まで行く必要なんてなかったんだ。そうだよ、すぐそこにＪＲＡ浅草の場外馬券売場があるではないか。タナカと別れて、まだ十秒とたっていない。タカハシは思わず振り返った。雑踏というほど人が出ていたわけではない。この中に、タナカは必ずいる。だが、どれがあの男の背中なのだろう。見当さえつかぬまま、完全に紛れて、タナカは消えた。


「タカハシさん、真っ白になったねえ、その頭」

「えっ」

「ほら、その白髪だよ。茶色かなんかに染めればいいのに。フリーのライターって、そういうことできるんでしょ」

「ああ、なるほど。でももうすぐ還暦ですよ。フリーライターなんか言っても、さすがに茶髪はねえ。家から追い出されちゃいますよ」

久し振りに顔を合わせた担当役員との会話も、タカハシはどこか上の空だった。かつて〝タナカ〟という男が広報にいたかどうか、この人なら知っているにちがいない。広報畑一本でこの地位まで昇り詰めるには、社内の人間関係について熟知しているはずだし、退職者についても詳しいはずだ。たとえ〝田中姓〟が何人いようが、背格好と容姿の特徴を伝えればあの〝タナカ〟かどうか即座に判断できるはず――そう思った。が、今日はそんなことを話にきたのではない。これからタカハシは、世の中でもっとも不得手なことをしようとしている。わざわざ広報部長を同席させたのは、役員のタカハシへの好意である。そのことも重々承知しているのに、タカハシは話に身が入らない。自分はいったい何のためにネクタイなんか締めているのだろう。タカハシはなんだか、どうでもよくなってきている。それよりあの男は、いったい誰なんだ。

「単行本化のこと、よかったねえ。うれしいよ、なあ」

役員が部長に、同意を求めるように相槌を促した。

「ええ、あの連載、読者からの評判は上々です。読者プレゼントの件、ぜひやりましょう」

タカハシにではなく、役員へ向かって部長が返した。

「でね、読者プレゼントのほか、社内でも配りたいから、うちで五〇冊買わせてもらうよ」

「ありがとございます。気を遣わせてすみません」

まだ課長補佐だったころに出会い、通勤客に読んでもらえる広報誌にしようと意気投合した。タカハシが署名連載を続けてこられたのは、この人の強固な権力の輪の中にいたからだ。

「ほんとならね、ドーンと三百冊くらい広報で買わなきゃいけないんだ。申し訳ない」

役員が頭を下げ、これに広報部長もお追従《ついしょう》を言った。

「いやいや、もう、五十冊引き受けてもらえれば、それで充分です。八掛けで結構ですから」

「それじゃ印税にならんだろう」

いかにも歯がゆそうな顔をして、担当役員は頭を掻いた。


一時間ほど話したあと、挨拶がてらに数年ぶりで広報の現場へ顔を出した。部長が二人の課長と七人の部員を引き合わせたが、タカハシが知った顔はもういない。

「二十年近く前になると思うんですが、広報に田中さんという男性がいませんでしたかね」

誰にということなく、昔語りのようにして問うてみたが、

「われわれ全員、広報へきてまだ三年くらいですからねえ。部長だって二年目ですよね」

二十年前だと、まだ中学生だったと課長のひとりが言い、みんなして笑い合った。


「重役なんでしょ。田中って人のこと、人事部に問い合わせてもらったらよかったじゃない」

ヘトヘトになって戻ったタカハシは、妻と娘に〝タナカ〟との一部始終を話して聞かせた。

「詐欺だよ、そんなの。詐欺に決まってるじゃない」

「惜しいと思ったんでしょ、あなた。時間さえあればって。ついて行かなくてよかったわよ。場外馬券売場のこと、思い出さなくて正解よ」

「おやじ、一万円札で一六八枚だよ、二つ折りにして輪ゴムでなんか留められないって。結局ね、見抜かれちまったのさ」

何を見抜かれたというのか。娘の言い草を聞いているうち、だんだん腹が立ってきた。あの男は最後までタカハシへ名前で呼びかけることなく、東方電鉄のことも広報部のことも、自分から口にすることはなかった。いかにも着慣れぬジャケットを羽織り、シルバーの就活よろしくネクタイを締めていたタカハシは、あの男に見透かされたのだ。忌々しさが募る。

「タナカ……か」

「手持ちの三万円を渡して、二十分経ってもその男が戻って来なかったら、ああ、欺されたんだと笑い話で済むけど、それじゃ済まないような、もっと怖いことになっていたかもよ」

妻の言う通りだ。タナカと名乗ったあの男の笑顔が、タカハシの抱える闇を暴いてみせた。忌々しいにはちがいないが、籠抜け詐欺みたいなことだとしたら、あの男、タナカさんは惜しいところだった。そしてもし詐欺じゃなかったとしたら、タカハシくんも惜しかった。タカハシはそう思うことにした。

話に飽きた娘が自室へ引き取ると、

「で、どうだったの――」

独り言でも言うように、妻がポツリとつぶやいた。

「えっ、何が――」

「出版のこと、話したんでしょ」

「もちろん話したさ。そのために行ったんだからな」

「それで――」

「よろこんでくれてな、読者へのプレゼントも含めて、広報部で五十冊買い上げてくれるそうだ」

「そう、それだけ……。でもよかったじゃない」

「それだけって、どういう意味だよ。これが精一杯なんだよ、おれには」

「そうよね、あなた、それが精一杯よね」

これ以上話していると、まちがいなく言い争いになる。タカハシにそんなエネルギーは残っていないし、妻はとっくの昔に消耗しきっていて、ほぼ毎晩言い争うたび、このエネルギーはどこから沸いて出るのかと、タカハシは感心することしきりだ。


年末年始を故郷で過ごし、タカハシが東京へ戻ったのは年明け最初の日曜だった。机の上に年賀状の束が置かれている。毎年のことだ。

「これが元日の分、これが三日に届いた分ね」

届けられた順番に年賀状が置かれている。それに目を通す作業が、タカハシは億劫でたまらない。そこから一週間近くほったらかしにすることもあって、拝復年賀も出さぬままになるから、届けられる賀状も年々減っていく。

正月気分も消え、ようやく踏ん切りをつけたタカハシは、今年の賀状に目を通していった。と、元日に届いたもののなかに「年賀」と印のある封書を見つけ、裏を見て差出人を確認すると、懐かしい名前があった。タカハシがまだ頻繁に東方電鉄の広報へ出入りしていた頃、細々《こまごま》とした雑用を手伝ってくれたり、インタビューの現場に同行したりで、なにくれとなく面倒を見てくれた男性からで、やはり五年ほど前に定年で退職した。そのときもわざわざ退職した旨の葉書を寄こしてくれたのに、タカハシは返事を出さなかった。開封すると細かい文字でびっしりと埋まっている。いかにも実体《じってい》なあの人らしいと思いながら、タカハシは文面を読み始めた。

ご無沙汰しています。お元気でご活躍のことと思います。早いもので定年から六回目の正月を迎えました。年齢でしょうか、近ごろよく広報部時代のことを思い出します。とくにタカハシさんの仕事のお手伝いをして取材に同行させてもらったり、数々の得難い経験をさせていただいたこと、良い思い出です。

さて、この暮れに退職者の同期会がありまして、何人か集まって昔話に花を咲かせたのですが、なかに、最近浅草でタカハシさんを見かけたという者がおりました。しばらく広報にいたことのある田中という人間です。顔は憶えているのだが名前が出てこないので、お声がけはしなかったけれど、髭を生やしてでっぷりと肥えた、原稿を書く人だと田中氏が言うので、それはタカハシさんだよと教え、彼とあの頃の話をしているうち、なんとも懐かしくなり、久し振りにお誘いしてみようということになりまして、お手紙したしだいです。しばらくぶりでお目にかかれればと思います。よろしければ無理のないところでご都合をお聞かせください。

末筆ながら、本年が良き年でありますことを心より祈念申し上げます。

追伸　あの時代、田中は二人おりましたが、憶えておられるでしょうか。年齢も背格好もほぼ同じだったので、部内では右利きの田中を〝右田中〟、左利きの田中を〝左田中〟と呼んでおりました。なお、右田中は昨年に心臓病で倒れまして、同期会へは出席しませんでした。

＊

父親も母親もラッキーも、だれもいなくなった実家にひと月ぶりで帰る。上野から新幹線を使えばほぼ一時間半で長野駅に着くのに、新宿から「あずさ」だと松本まで二時間半以上かかる。それから大糸線へ乗り換えて穂高駅まで約三十分。乗り継ぎを考えると半日がかりだ。特急とは名ばかりで、上諏訪から松本までの区間はいまも単線のままだ。地元から有力な政治家が育たないからだと言われて久しい。もう、飽き飽きだ。

帰ると居間やベランダのカーテンを開けて光を入れ、トイレ、風呂場、キッチンなんかの水回りを点検する。食料は缶詰と即席ラーメンの買い置きがあるばかりで、冷蔵庫にはなんにも入っていないから、四個入りの卵やハーフサイズの牛乳、ハムにパン、カット野菜などを、車のバッテリーが上がっていないことを祈りつつ、買い出しへ出かける。戻ると溜まった埃を掃除機でざっと吸って、二階へ布団を敷けば、それで帰省初日が終わるのだった。

翌日、母親が入所している施設を訪ねる。

「やっと帰ってきただかね。いつまでわたしをこんなところへ閉じ込めておくつもりだ」

おふくろは機嫌が悪い。施設の食事が不味いらしい。

「味がないだよ、何を食べても。だでさ（だから）、塩と醤油を持ってきてよ」

「おふくろは腎臓が片方ダメだし、胆のうも取ってあるし、心臓の大動脈解離という大手術を受けながら九十歳の今日まで長生きできているのは、塩分と水分を制限した食事管理をここでしてもらってるからだぜ」

「ふん、へえ（もう）さんざ（たくさん）だわ。早くとうさんとこへいきたいわや。不人情なもんで夢にも出てこないだよ、とうさんも。とうさんも不人情、おまえも不人情、みんな不人情だわ。せつない（悲しい・やりきれない）話さ」

「不人情なもんか。こうして月に十日は必ず東京から見舞いに来てるじゃないか」

「空々しい嘘をつくなよ。なにが月に十日だね」

これが母親とのいつもの会話だ。認知症はそれほど進行していない。だからこそ、タカハシにはいまのうちに聞いておかなければならないことがあった。

「おふくろ、おれは子どものころにおふくろの背中から落ちただよな」

この問いかけで、母親の表情が柔和になった。

「そうだったいなあ。おまえ、よく助かったいなあ」

「おれはこの歳になって、近ごろつらつら考えてみるにさ、どうもそんとき脳に障碍を負ったような気がしてきただよ」

「かもしれんなあ――。おまは通知票に『集中力がない』ってしょっちゅう書かれてたで、あんときコンクリートへ落としたせいかやあって、わたしも心配はしてただよ。おまえ、いちど大きい病院で頭を診てもらいましょ」

「えっ、CTはともかく、レントゲンくらいは撮ったんだろ」

「いいや。小倉の女医さんが、意識が戻ったからもう大丈夫だって言ったもんで、検査は何もしてないんね。だいいちおまえ、あのころ脳検査なんていったって、信大病院にでも連れて行かないかぎりできっこなかったもの」

「そうか、おれはまったく脳の検査を受けなかったのか。で、そのあと何の後遺症も出なかったんだな」

すると母親が、恐ろしいようなことを語りだして、タカハシを驚かせる。

「あれだけ生死の境をさまよっただもんで、そりゃ障碍は出たさや」

「えっ、どういうことだよ」

「話さなかったかいな、おまえに。おまえ、あのあとからままつくようになって、どもっただよ」

ままつくとは、方言で吃音症の症状をいう。タカハシにはそんな記憶は微塵《みじん》もなく、母親の話を聞くまで、自身がどもったという自覚もない。

「それをわたしが懸命に治しただわね。感謝しましょ」

「感謝もなにも、おれはどもりだったのか」

「どもっただんね。ひどいどもりだった。最初はさ、だれかの口真似をしてると思っただよ。わざとだと思ったもんで、うんとぐざった（本気で叱った）だがさ、そのうち、どうもわざとやっているわけじゃなさそうだって気がついたときには、わたしだってどうすりゃいいもんだか、それっこそ途方に暮れたわね。そうやっておまえには、たんと（いっぱい）苦しめられてきただんね」

苦しめられた——はないだろう。いや、たんと苦しんだんだろうな。とにもかくにも、現在のタカハシに吃音症の症状はない。治せるものなんだろうか。

「おふくろが治したって、どうやったんだ」

小倉の女医さんに相談したところ、それは後遺症というものだと教えられた。けれど時間が経てば必ず治まるものだから、絶望してはいけない。坊やを叱ったりせずに、気長に接するよう言われた。

それでも父親は松本にある信州大学の付属病院へ連れて行って診せろと母親に迫った。

「歯医者は町内に四軒あったけど、うちは待合室に入りきれないほど患者さんが来て、とうさんはおまえにつき添う暇もなかっただよ。かといってさ、わたしが独りでおまえを連れて行ってもなあ……」

「行かなかったんだな」

「おまえな、そうは言うがね、どもりなんてものはさ、薬飲んだり注射してもらえば治るものじゃないだでね。小倉の女医さんに教わったとおり気長に辛抱して、なんでもかんでも歌っただわや」

母親は、後遺症と思われる吃音症を発症した息子との会話すべてに節《ふし》をつけた。オペラというか宝塚というか、ああいうことだろうと思う。朝起きて夜寝るまで、日常会話すべてを歌にしたという。したがって息子の応答にもすべて節をつけさせた。タカハシはわずかずつ想い出していく。そういえば、母親にはよく歌わされた。お腹が空いたとか、牛乳が欲しいとか、節をつけて歌わなければ、母親は返事をしなかった。

「あれ、どういうもんだか、節がつけばままをつかなくなる（どもらなくなる）だよね。とうさんにまで節をつけてくれってのは無理だったで、なるべくおまえに話しかけないようにしてもらって、わたしとおまえは歌でしか会話しなかった。絵本を読んで聴かせるときも、全部に節をつけてさや」

おふくろは歌うことが好きなんだと、タカハシはずっと思っていた。

「もともとわたしは歌が好きだったよ。でも、それとこれとは話が別さね。一生に一度のお願いだって、おまえを助けてもらっただでな。そうたんびたんび（そんなに何度も）神さまに頼むわけにいかないから、絶対わたしがこの子のどもりを治してみせるって、その一心さね。慣れてきたら読み聞かせに節をつけるのも苦にならなくなってきたし、おまえもよろこんだだよ」

と、何か思いついたように、母親がタカハシにこう訊いた。

「おまえ、シンデレラに意地の悪い姉さんが二人いた噺を憶えてるずら。せがまれて、何度でも読んで聞かせたいなあ」

憶えている。確かに憶えている。意地悪ばかりする腹違いの二人の姉――

そうか、アナスタシアとドリゼラかあ……

「おまえ、シンデレラが姉さんたちに虐められる場面にくると興奮してさ、ちがう、ちがうって勝手に歌い出したりしてさやあ……。おまえって子は、シンデレラより意地悪姉さんたちの噺のほうが好きだった気がするよ」

タカハシは記憶のなかで、何かがゆったりと解《ほぐ》れていくのを感じている――

箸も握らねばならんし、尻も拭かねばならん。これでは自分ばかりの負担が大きすぎると右手が左手に不平を鳴らした。

「それが利き手の役割というものさな」

左手はそううそぶいてみせたあと、

「おれにはおまえよりもっと重要な役目がある」

「でまかせを言うな。いったい利き手のおれより更に重要な役割とはなんなのだ」

「なにもせぬことさ。空手でいることが、大事なおれの役目よ。いいか、よくよく考えてみい。利き手でもないおれが尻を拭くようにでもなってみろ、ぞっとはせぬか」

左手から問いかけられた右手は、ややあって、

「いかん、いかん。それはいかんぞ。思っただけでぞっとするわい」

と、五本の指を強く握りしめたそうな――

＊

同居している娘が言うのです。おやじの小便はくさいと。立ってするのが悪いというのです。

「立ってするトイレじゃないから、うちは。散るわけよ、周辺に。便器なんか拭いても落ちないのよ、においは。なぜかと言えば、周囲に散ってるわけよ、おやじのオシッコの飛沫が。それが長い時間をかけて染みついちゃったから、もう掃除しても消臭剤撒いても除れないんだよね、おやじのオシッコのにおいがさ」

もう耐えられないのだと、本気の苦情です。妻からは何度か責められたことがあるのですが、取り合いませんでした。しかしここまで娘から言われますと、笑って聞き流すわけにもいかず、結婚とか独立とか、まして孫なんていう言葉は禁句だと妻から念を押されてはいたのですが、私としてもやや武張った物言いにならざるを得なかったのです。

「だったらどうしろというんだ、おれに。家で小便するなってことか。おまえが小便のにおいに耐えられないというなら、おまえだってもう一人前の月給取りだ、独立してくれていいんだぜ。引き留めないぞ、お父さんは」

「あれあれ、開き直るんだ。わたしに出ていけって言うんだ」

ちょっと娘の顔色が変わりまして、

「お母さーん、おやじがわたしに出ていけって言ってる」

すると台所から、

「真由子ォ、冷静になりなさい。この部屋の名義の半分はお母さんだからね」

それでちょっと肩の力が抜けた感じで、

「あのさ、家でオシッコするなって言ってるんじゃないでしょ。話をすり替えないでよね。立ったままするのはやめて欲しいと言ってるんじゃないよ。面倒くさがってないで、オシッコするときは坐ればいいだけの話でしょうよ」

そこそこ大切に育ててきたつもりです。だから悪い子ではありません。それなりの思いやりもある娘です。ただし、なにもわかっていないのです。そんな簡単な話ではありません。いまさら、その昔に書いた小説の一篇を持ち出して読ませてみたところで、それで察するほどの者に育っているのかどうか、どこまで信用してよいやら、父親として悩ましいところなのです。

やさしい時間

盆でも正月でもないのに帰省したのには理由があって、
風呂と便所がきれいになったので、いっぺん見に帰ってこいとおふくろが電話を寄こしたからだ。

町の下水道整備事業が進んだ結果、ようやく水洗便所の設置が許可になったから、これを機に三十年越しの懸案だった風呂と便所の改装に着手するつもりだと電話があったのは三ヶ月ばかり前のことで、そういうことなら長男として異存はないが、工事費の援助はできないとおれは返事した。

「ばかばかしい。だれがおまえみたいな貧乏人にお金の相談なんてするかね」

おふくろが電話口の向こうでヘロヘロと笑った。

「で、いくらかかるんだ」

「それがさやぁ、相田組の若さんに見積もってもらったらさ、六百万だっていわれてな。意外と高くておどけた（驚いた）よ」

「そりゃ高いわ。法外だぜ。あの若社長、やりたい放題だな。先代ならそんな見積もり、絶対にあり得んよ」

足許を見られたんだとわめいていたら、

「カツノリが高いっていってせ、電話の向こうで騒いでるんね」

そうおふくろの声が聞こえたと思ったら、

「高かろうが安かろうが、おまえに金出せってやしまいし、よっこな（よけいな）口出しするな。こっちにはこっちのつき合いってもんがあるんだ」

おやじのとてつもなく不機嫌な声が響いた。

「なにも口出ししてるわけじゃねえよ。ただ、どんな工事するか知らんけどせ、いくらなんでも風呂と便所に六百万は高かねえかと思ってせ――」

「それがよっこなこンだっていうだよ。出てったモンは黙ってろ」

それだけ言って、電話は切れた。

おやじの野郎、こっちは長男として、老夫婦がダマされてるんじゃないかと、心配して言ったんじゃねえか。

「そりゃ面白くないわよ、お父さんだって」

やり取りの一部始終を聞いていた妻が、わかったような口をきくから、

「こっちこそ面白くねえよ」

家を出た者って……二十年も前のことを、いまだ根に持っているのだろうか。

「そういうことじゃなくて、お母さんだってお父さんだって、あなたの意見を聞きたくて電話してきたんじゃないでしょ。話して聞かせたかっただけなのよ。だいいち相談されたって、あなた、なんにもできないじゃない」

「…………」

「もっと冷静になりなさいよ。あなたにお金の都合なんかできっこないし、工事費が高いからって、あなた帰ってその若社長と値引き交渉できるの。そんな面倒なこと、する気もないんでしょ。ね、なにもできないんだから、口出ししちゃいけないのよ」

「だったら電話なんかしてこなきゃいいんだ」

「そこが親子なんじゃない。何度裏切られても、息子は息子なのよ」

なに言ってやがる。おれがいつだれを裏切ったっていうんだ、ばかやろう。

「ホントのことなんだから、怒ることないでしょ。わたしに当たらないでよ」

「六百万だぞ、六百万円。怖じ気づくよ、こっちは。もし吹っかけられてたとしたら、どうしようかと考えるのが普通だろうよ」

「だって見積もりの金額を訊いたのはあなたよ。ああ、そうって、楽しみにしてるよって、それで電話切ればよかったじゃない。親のお金は自分のお金って、そう思ってるんでしょ、あなた。つまんない心配してないで、もっと仕事しなさいよ」

うるせえな。そういうことじゃねえんだ、黙ってろよ。胸騒ぎがする。なぜいまさら六百万かけて風呂と便所の工事なんかしなくちゃならないのか――

そういう経緯があって三ヶ月後、工事が完成したとおふくろが言ってきた。思い通りに仕上がったと、電話口の向こうでおふくろはご機嫌だった。

「請求書は寄こしたかい。けっきょく幾らかかっただい」

「だから六百万さね。この前話したとおりだわね」

「なんだ、それじゃ見積もり通りじゃねえかい」

「そうさ、そういうもんじゃないだかね」

いくらなんでも一割くらいは引くだろう。そういうもんだろうが——

「もう支払っちまっただかい」

「工事が始まるときに半金を渡して、残りは来週に支払う約束だけど、それがどうかしただかね」

「あの若社長、一円も負けねえってかい」

「ええ、ええ。消費税も別だってさ」

「そらおかしい、おかしいわ。いっくらなんだって消費税分の三パーセントくらいはさ」

すると電話の向こうで、

「カツノリがおかしいって言ってるんね」

と、呼びかけるような声がしたから、まずいと思ったら、案の定おやじが電話口に出てきた。

「おかしいってなんだって、そういう約束で頼んだ仕事だ。おまえだって金の約束があって原稿を引き受けるんだろうが。あとから負けろって言われてさ、はいそうですかって言うだかや」

「——そういう話じゃなくてさ」

「いや、そういう話なんだ。それがルールってもんだ。一割は引かなきゃおかしいとかさ、おかしいっていやあ、おまえがおかしいんだ」

おやじはくり返しルールという言葉を使った。

「わかったよ、わかった」

「わかったら、黙ってろ」

電話は切れた。おふくろもいちいちおやじに言わなくてもよさそうなもんだ。

その翌日、またもおふくろからの電話だ。

「なんだっていうだい。話を聞く前に念押ししておくがせ、おれがああ言っているとかこう言っているとか、おやじにしゃべるない。電話も替わるなよ」

ふんふんと聞いていたおふくろが、こう提案した。

「おまえ、ちょっと帰ってきて、新しい風呂と便所を見てみましょ。きれいになって、驚くんね」

真由子は中学校があるし、だから敦子さんは無理だろうが、おまえは二日や三日、どうとでもなるだろうとおふくろが言う。冗談じゃない、そんな気楽な身分じゃないいんだと断りかけたら、

「帰ってあげなさいよ。見てあげて、誉めてあげてよ。それが親孝行ってもんでしょ。あなた、そのくらいのことしかできないいんだから」

そのあと呪文のように、

「見せたいのよ、不肖の長男に。おっ、すごいなあ、さすが六百万だけのことはあるなあって、言ってもらいたいのよ。お父さんだって、あなたにそう言わせたいの、わかってるんでしょ」

「うるせえなあ。電話の最中に話しかけるなよ。なに言ってるのか、おふくろの声が聞き取

れねえじゃねえかよ」

わかってるよ。こっちはもう、五十年も息子やってるんだ。わかってるんだよ――

「やっぱり二穴にしたんだな」

男便所と女便所を分け、女便所は〝洗浄〟というボタンを押せば湯が出て、自動で尻の穴を洗ってくれるという。ほかに手洗い場と、タオルやら便所紙やらを入れる収納庫までついている。東京の娘の部屋より広いのではあるまいか。

「見違えつろう」

「ああ、見違えたはいいがせ、これだけ広いと、冬はどうするだい。さぶい（寒い）ずら、きっと」

だから石油ストーブを持ち込むつもりで、この広さにしたんだとおやじが言う。

「温風のヒーターを天井へつけてくれって若さんに言ったら、やめときましょって返事さ。三十万もよっこに（余計に）かかるし、電気代も大きいじって。冬は小さい石油ストーブでも入れるだねって若さんが言うもんで」

おふくろが不満げに洩らした。

「おやじとおふくろだけなんだから、わざわざ二穴にしなくても女便所だけでよかったんじゃないの。そうすりゃもっとこぢんまりした、冬でもあったかいトイレにできたろうに」

すると、おやじがおれを見た。また文句ばかり言いやがってと怒鳴るものかと思ったら、そうではなかった。

「おまえにも、いずれわかるだ。男便所は必要だってことがな」

思わせぶりにつぶやいたおやじに、おふくろが、

「いつまで立っておしっこができるもんだかねえ——」

ふんっと言ったおやじは、そのままズボンのチャックを下げ、男便所の前へ立った。それを潮におれとおふくろは風呂場へ向かう。

いたるところに滑り止めと取っ手のついた、遠浅でゆったりと足の伸ばせる老人用の浴槽で、湯の温度を設定してボタンを押せば、あとは勝手にお湯張りしてくれる。薪で焚く五右衛門風呂から始まり、何度かリフォームをくり返して、ついに上等なホテル並みの風呂へと変身したわけだ。

「いいずら。お湯が冷めるとな、放っておいても自動で追い炊きしてくれるだよ」

おふくろの説明を聞いているうち〝お風呂が沸きました〟と、風呂がしゃべった。

「なるほど、こりゃすごいな。これが六百万かぁ」

そう声に出した。声に出して、無理にも自分を納得させたかったのだと思う。

「夕飯の前に入ってみましょ。温泉みたいで気持ちがいいよ」

もちろんそうするつもりだが、おやじがなかなか便所から出てこない。

「とうさんのおしっこは長いから」

「おれも風呂入る前に小便したいし、ちょっと見てくるわ」


おやじは立ったまま左手で手摺りを握り、右手を先っぽに添えて唸っている。

「なにしてるだい」

「なにって、小便がなかなか出てこねえだ。おまえ、東京ではどうしてる」

「坐ってするよ。そのほうが楽だし、おれは腹がゆるいから坐ったほうがいろいろと好都合だ」

「だったらそっちでしろ。急かすな」

「急かしゃしねえがせ、それだけ立ったまんまじゃ、疲れやしねえかい」

「疲れるさ。それだってしょうがねえだ。坐っちまうと一滴だって出やしねえ。歳を取るとな、いろいろと不都合だらけになるもんさ」

　そういうものかと思いつつ、おやじと隣り合わせに小便するつもりで女便所に腰を降ろして、試しに洗浄ボタンを押してみる。生ぬるい湯が尻の穴めがけて勢いよく噴射され、その刺激で便意を催してくる。よく見ると〝ビデ〟というボタンまである。ビデは必要ないだろうとつぶやきつつ、こんなして尻を洗っていれば際限もないから、切り上げて風呂場へ向かう。

　いい湯だった。東京じゃ追い炊きができないし、足し湯してもすぐに冷めてしまう。ぬるい湯にがまんして浸かるか、シャワーで済ませるのが常だから、たっぷりの湯に躰を沈め、六百万、六百万、ありがたや、ありがたやと唱えてみたら、だんだんと納得してきた。

裸のまんま、おふくろの用意したバスタオルを使いながら居間へ行くと、やっと小便が出たらしいおやじが、

「どうだ、いい風呂だっつろう」

「ああ、ありゃいいわ。脱衣場もきれいンなったし、六百万だと言われれば、そうかもしれんという気にさせられるわな」

と、そのとき、おやじが頓狂な声を上げた。

「おい、なんだ、そのちんこは――」

「なにがだよ」

「皮っかぶりじゃねえか」

中庭を越えて隣家にまで聞こえるのではないかというくらい大声で叫ぶと、おやじはおれの股間を指さした。

「声がでかいよ、おやじ。別に昨日、今日に始まったことじゃなし。気がつかなかったのかよ」

「なにこいてるだか。そんなことは知ってたさ。知ってたどこのさわぎじゃねえわ」

なんか怒ってるのはわかったが、その怒りがおれの仮性包茎と何の関係があるのか、見当もつかない。

「見てみろ、あのちんこ。相変わらずの皮っ被りじゃねえか」

水を向けられたおふくろが、

「おまえ、敦子さんと結婚して何年になるだや」

「……十五年くらい、かな」

「真由子の歳から数えても、そのくらいにはなるわな。あの子が生まれて、わたしもとうさんも、どれだけほっとしたか、おまえ、わかるかね」

なんのことやら、さっぱりだ。

「おまえ、敦子さんとは再婚だんね。あっちは初婚、おまえは再婚。もう失敗はくり返せない。だから皮っ被りの手術はしておいたほうがいいように思うって、おまえ、あのとき——」

ははあ、なんとなく思い出してきた。そんなやりとりがあったかもしれない。

「相手への誠意として、包茎は直しておきたい。ついては手術代に十五万だけ出してもらえまいか。おまえからそう切り出してきたんだ。また離婚なんかされたらたまらんからと、かあちゃんと相談して、言いなりに十五万渡しつろう。忘れたか」

「まさか敦子さんに確かめるわけにもいかんし、真由子だってちゃんと生まれたことだし、てっきり手術したもんだとばっか思やあ、いったいその皮っ被りはなんだだね」

そんな程度の嘘なら山のようについたきたので、いちいち憶えていないのだったが、前妻と離婚したあと、おやじが金は出してやるから包茎だけは直せとうるさく言ってきたのは記憶がある。風呂に入ったらしっかりと剥いてよく洗えば包茎とはいえ仮性なのだから特段の不都合はない。皮被りはコンドームを着けているようなもんだというのはまったくの流言であって、自信もあった。現に再婚した翌年に真由子は生まれている。初手から手術など受けるつもりはさらさらなかったのだが、ただ、おやじの〝金は出してやる〟というフレーズだけは鮮明に耳へ残っていて、その好意はいずれ無駄にしたくなかったのだろうと思われる。

「やれ六百万が高いの何のこきゃがって、おまえ、あのときの十五万、いったいどうしただ」

「さあな。大昔の話だから、どうしたかなあ」

「小さい頃から嘘こきだったけど、性根ってものは少しも変わらんもんだいねえ」

おふくろがしみじみ言った。

おまえにはさんざん欺されてきて、たいていのことでは驚かんつもりでいたが、そのちんこにだけは驚いたと、何かしきりに考え込んでいたおやじが、やがて自分なりの結論を導き出したようで、

「そうか、おまえってやつは、あれだな。要はどうとでも言うやつなんだ。小説家になるだとか芥川賞もらうだとか、六百万は高いとか一割負けるもんだとか、なんとでも言うやつなんだな。そうか、なるほどなあ……」

腑に落ちたというように、おやじがいい顔して笑った。と、続けておふくろが、

「そうだいねえ、この子はそういう子だわね、いまわかったわ」

けっけけっと、無邪気に笑いこける。そこからふたりして、あきれたの、ばかばかしいの

と、口々に言い合いながらおれの顔と股間を交互に、大笑いしている。その様を見ながら、本当にこのふたりは気づいてくれただろうかと思うと、おれはひどく不安な気持ちになっていく。

気づこうが気づくまいが、これまでもこの先も、世の中でいちばんおれにやさしくしてくれるのはこのふたりだ。だが、嘘もつくし金もないけれど、やさしさじゃおれだって負けてはいない。ただしその〝やさしさ〟が、いつかおれの命取りになるかもしれないと、その不安を拭えぬまま、おれもふたりと一緒になって笑い転げた。

＊

少年タカハシは地元の中学を卒えると、高校は名古屋へと出ました。どうしても息子を歯医者にして跡を継がせたかった父親は、名古屋の某私立大学に歯学部が新設され、その附属高校へ行けば、ほぼ確実に歯学部へ進学できるという話を郡の歯科医師会から仕入れてきまして、それを長男へ語って聞かせたのでした。それを聞いた少年は、渡りに船だと感じます。

当時、地元の高校受験事情は公立も私立も一律で同一日に九科目が行われ、落ちればそれまでという苛酷さで、つまりは第二志望という選択肢がなかったものですから、クラスに何人かは必ず中学生浪人が出たのです。担任の丸山先生もかなり神経質になっていて、英語はまずまず、国語と数学はまあまあとして、社会と理科がどうもなあ――という評価に加え、音楽以外の、技術家庭、美術、とくに体育の内申書がからっきしでしたので、これは志望校を下げたほうが確実ではないかと説得されていたのでした。

少年タカハシは合唱クラブにボーイソプラノとしてスカウトされて以来、筆記試験の点数の良し悪しとは無関係に、通知票は常に5の評価でした。音楽の中山先生は非常に露骨なかたちで彼をえこひいきしてくれたのです。一方、喘息持ちで脆弱だったためにたびたび体育を見学し、授業にも参加しなかった少年タカハシは、通知票が1という学期が二回あったのでした。

似たような成績の友人と通知票を見せ合うことがあると、不審がって必ず問い詰められたのは、なぜ音楽が5なのか、社会が5なのかという点でしたが、音楽については彼が希有なボーイソプラノだったからで、社会は担当の二村先生がタカハシの家と姻戚関係にあるからでした。祖父の廣海さんと、そこからさらに二代さかのぼった陸也じいさんという人は、どちらも堀村の二村家からきた入り婿でした。タカハシの家はもともと女系で、婿養子は二村家から取る決まりになっていたようで、そういう経緯を知っていた二村先生は、タカハシ少年へ、特別な配慮をしてくれたのです。でも三年のときに二村先生が他校へ移ったとたんに評価は大きく下がってしまい、こういうとりとめのない成績の者を志望のままに受験させることへの不安を丸山先生は抱いていたのだろうと思います。担任として中学生浪人を出すことは進学指導力の不足を露呈することとなり、神経質にならざるを得なかったのだと思います。

そんな折も折、名古屋の話が舞い込んできたわけです。しかも受験科目は英語、数学、国語の主要三教科と、社会か理科のどちらか一科目を選択すればいいという、なんだか冗談みたいな話で、歯学部目当てに越県してくる受験者には個人面接が課せられる条件でしたが、そんなことは少しも気になりませんでした。都会へのあこがれも手伝って、タカハシ少年は一も二もなく父の話に乗ったわけです。これだけ整った入試に落ちるはずもなく、少年は親元を離れ、独り暮らしを始めます。

しかれども、というか、案の定というか、名古屋という街にも校風にもまったくなじむことのできなかった少年タカハシは、三月《みつき》もたたぬうち不登校となり、ほぼ三年間を下宿屋へ引き籠もることになるのでした。

両親からは現金書留で三万円、月ごとに仕送りがきます。その内から朝夕二食ついて一万二千円の下宿代を支払い、学校へはほとんど行きませんでしたがアリバイづくりのために市バスの定期券だけは購入します。そういうかかりを引くと、ほぼ半分ほどが手元に残ることになります。下宿屋のおばさんは真に親身な好人物でしたが、飯は旨くありませんでした。

近所の食堂のチャーハンが九〇円、味噌カツライスが一五〇円という時代のことです。毎日好きに飽食を続けた結果、小学生の頃は〝キュウリ〟というあだ名で呼ばれていたタカハシ少年の体重は、百キロ近くになってしまいます。四畳半ひと間で怠惰な生活を送るなか、どうにも自分をもてあますようになり、謂われのないプライドに追い詰められ、身動きのとれないようなことになっていくのです。

「穂高の桜も五分咲きとなりました。お便りありがとう。初めての手紙がお金送れで、ちょっとがっかりしました。三千円入れておきますから大切に使ってください」

「先日のお金そして荷物は着きましたでしょうか。おまえは人様に物をいただいてもお礼を言うことも知らないのですか。母は礼を言って欲しいわけではありませんが、荷物が着いたなら着いたくらいのことは書いてよこして欲しいものです」

「今、手紙が着きました。送金が遅れると不快だと書いてありましたが、母のほうこそ不快です。そもそも定期券は先月に三か月分を買ったのではないのですか。おまえの言ってよこすことは、いつも辻褄が合わないことばかりです」

「お手紙拝見。なんて乱暴な手紙でしょう。こんな手紙を見たなら、お金を送る気にもなりません」

父親が亡くなりましたあと、諸手続のためにいろいろと整理をしておりましたところ、母親が高校生時分の息子へ宛てた大量の現金書留の束を見つけまして、どうしてこんなものが残っているのかと覗いてみたなら、そのいちいちに母からの手紙が入っていたのです。名古屋を引き払う際、手伝いにきた母親が持ち帰り、保管していたものでしょうが、それにしては、タカハシが母親に宛てた手紙は一通も残されておりませんでした。

当時、穂高地区の電話はダイヤル式になっておりませんで、交換手を呼び出して繋いでもらわなければならず、ために名古屋の赤電話からだと手順も面倒なうえ電話代も高額だったことを思い出しました。

「わたしもパパも、ずっとおまえのことを心配しています。おまえ、学校へは行っているのでしょうね。学校へも行かない息子にお金を送らなくてはならないかと思うと本当になさけなくなります」

「おまえが一生懸命勉強していることを信じ親は送金しているのですが、はたしてどうなのでしょうか。心配です。また映画ばかりみているのではないでしょうね。どんな言い訳の手紙をよこしても、今月はもうこれ以外は決して送りませんからね」

読み進むうち、いったいこのタカハシなる高校生は、どんな手紙を書いていたものだろうと、おかしいやら、あきれるやら――

「荷物のなかに砂糖とコーヒーカップを入れておきましたから、この五百円でコーヒーの小びんとクリープを買いなさい。夜、眠くなったときに少しずつ飲むとよいかと思います」

手紙の字面を追っていくと、母も若かったのでしょう、ちょっと艶っぽさもあって、よっぽど息子のことが可愛かったのだろうと思います。

「念を押しておきますが、修学旅行へ行かなかったのはおまえの勝手なのですから、学校で積み立てた三万円を自由に使えると思っているなら、それこそおおまちがいですよ。あれはおまえのお金ではありませんからね」

「お金を送ってもらったり、親に心配を掛けたり、学校を休んだり、良いことなしで、母もがっかりです」

もう一通、抜粋せずに全文を書き写してみますと、

「朝夕の寒さが肌に浸みる頃となりました。この間はお電話ありがとう。パパのことは心配かけたくないと思い知らせなかったのですが、おまえが電話をくれたことをパパに話したら、大変喜んで居りました。土曜日には信大病院から帰れそうなので、あまり心配しないで下さい。そして一生懸命勉強してください。歯科に入れるかどうか、あと半年でおまえの運命も決まります。死んだ気で頑張って下さい。睦子おばちゃんからのお小遣い五千円を同封します。大切に使ってください。では、体に気をつけて、勉強して下さいね」

たぶん高三の冬前ぐらいだと見当はつくのですが、父親に何かあったのでしょうか。父は運転が下手でしたからマツダのキャロルという軽自動車を持っていたのですが、ハンドルを握ることはほとんどありませんでした。そのかわりにホンダのスーパーカブというオートバイにときどき乗っていた記憶があります。それでいちど、田んぼの側溝へ突っ込んだことがあって、怪我をしたとは聞きましたが、信大へ入院したらしい手紙の内容ですから、だとすると初耳です。知らされていないことが、まだたくさんありそうな気がしてきました。

記憶にないというより、思い出したくもない生活ぶりと併せ、無かったことにしたい名古屋での高校生活でしたが、五十歳を過ぎた辺りからです。不登校のままに終わった高校の三年間、潤沢に仕送りを受け、百キロに太るまで飽食し、アメリカン・ニューシネマから森繁の「社長

漫遊記シリーズ」まで手当たりしだい、来る日も来る日も映画館へ入り浸ったあの三年間こそが、いまのタカハシにとって、とても貴重で重要な時間だったのではないかと思うようになっていくのです。

大曽根での下宿生活をたぐっていけば、何かしら思春期タカハシへのヒントを得られるのではないかと淡い期待を寄せ、還暦の声を聞く前後に、かつての下宿屋跡や母校というものを訪ねてみたりもしたのですが、学校へ行け、学校へ行けと毎朝起こしてくれた下宿屋「早川」のおばさんは亡くなっており、建物も跡形もありませんでした。アーケードも取り払われ、大曽根の商店街そのものがすでになかったのです。何もかもが変わり果てていて、手掛かりもなにも、取りつくシマさえありません。

高校時代、たった独りの親友だった柘植光隆は病を得て全盲となり、盲導犬を連れて横断歩道を渡ろうとしたとき、車にはねられて死んでしまいました。ほかには年賀状のやり取りをする同級生もおりませんし、さんざんに面倒をかけた幸村先生の行方を同窓会の事務局に問い合わせてみたりもしましたが、消息は不明という返事でした。年齢から考えても、当時教務主任で、その後に校長になったらしい渡邊先生や、いつも数学の試験問題を事前に洩らしてくれた太田の栄ちゃんなんかが健在であるはずもなく、自分があの高校を出たという痕跡も確証も、実感としていまだに得られぬままなのです。

それでもいまも発作的に名古屋へ行ってみたくなったりするのは、たぶん、あの選択が人生で最初の分岐点であり、すべてはあそこから始まったのだと気づいたからなのかもしれません。始まりの場所にもう一度立つことで、やりなおせるかもしれないなどと期待したわけではなく、以後、選択の連鎖のなかで、あのときの自分を無かったことにするのは、それはできない相談だと知って、その後の選択を含め、ありのままを受け入れるための準備をしなければ、もう間に合わないかもしれないという、怯えからくる欲求なのだろうと思います。そしてそれは齢を重ねていくたび、切実なものとなっていきます。

父親も母親もラッキーも、だれひとりいなくなって空き家状態となった実家へ、やっぱりタカハシは月に一度を目途に東京から帰ってくる。主を持たぬ家はどんどん朽ちていく。雨漏りがするようになり、風の強い日には屋根が飛ぶのではないかと落ち着かない。居間の玉座にもたれかかって時代劇チャンネルを眺めながら居眠りしているタカハシをからかうように、天井裏で暴れ回る生き物の足音が響く。ネズミにしては大胆に過ぎるから、さかりのついたハクビシンかもしれない。

まだこの家に独りで頑張っていたころのおふくろが、

「ラッキーが死んでからこっち、夜になると天井裏でハクビシンが騒ぎ出してさ、仇《あだ》なするからやりきれんよ」

電話を寄こすたび同じような愚痴を聞かされたものだ。

いまは東京にいる妻の敦子へ、

「また今夜も天井裏でなにか騒ぎ出してな。これじゃ眠れんよ」

「だったら戻ってくればいいじゃない、東京へ。だれもいなくなったその家で、いまさら独り頑張ってみてもしょうがないでしょ」

たしかに、いまさら……かもしれない。

JR東日本が〝あずさクーポン〟を廃止したため、往復一万円以内に納まっていた電車賃は、体良く値上げされた。

「悪いけど、お父さんもお母さんもいなくなった家へ、わたしは帰らないわよ。期待しないで」

期待なんかしていない。タカハシはそういう意図を持って妻に愚痴の電話をしているわけではない。一緒に帰ってこられても困る。金がかかるからという理由でもない。古希を目前にして、独りの時間がタカハシには必要だ。戻ってくればいいとは言うが、タカハシが家を空ける期間は妻にとっても貴重な時間にちがいない。東京へ戻って一週間もしないうち、次ぎはいつ穂高へ帰るのかと妻はしきりにタカハシを問い詰め始めることでも、それがわかる。結婚以来、タカハシはライターだと言い張ってずっと居職を続けてきたのだし、妻は専業主婦を通したのだから、別々の空間と時間はこの夫婦にとって貴重であり、必然だ。

「昨日の豚汁があるし、これから鶏肉を焼いて一杯やるところだ」

「楽しそうで結構ねえ。帰ってきたらわたしにも作ってよ」

別々の時間に別々の空間にいるからこそ、確認できる絆というものもあるのだと、いまはわかる。

前妻とは二年に満たない結婚生活だったが、破綻した理由はタカハシが包茎だったからじゃない。仮性包茎と穏やかな夫婦生活とのあいだに因果関係はない。どちらが悪いといえば、やっぱりタカハシが悪い。浮気したわけでもギャンブルにはまったわけでもなく、暴力をふるったわけでもないが、タカハシの思い込みにつき合うことを前妻は拒否した。タカハシが悪い。敦子はタカハシの愛情をどこかで疑っている節があるが、それは仕方がない。自分は二番目だと意識するなというほうが無理だ。タカハシはかつてしでかしたさまざまの失敗について、あえて思い出すことはしないが、忘れたわけじゃない。敦子が心配する必要は微塵もないのだけれど、三十五年かけても、そのことを上手にタカハシは妻へ伝えられていない。

たとえば父と子、右と左など、一方が他方との関係を離れては意味をなさないようなものの関係を〝相関関係〟という。タカハシと妻の敦子は相関関係にある。ほぼ毎日ケンカするけれど、紛れもなく相関関係にある。こういう概念を〝相関概念〟というらしい。

「おやじとお母さん見てるとさ、とてもじゃないけど結婚していいことがあるなんて、思えないいんだけど」

娘は父親が再婚であることを知らない。いつか打ち明け話をしてやろうと思った時期もあったが、いまのタカハシに、そんなつもりはさらさらない。役所も電子化されているから、戸籍謄本取ったくらいでは、父親が二度結婚していたことに気づくことはあるまいと思う。娘とは血が繋がっているのだから、良くも悪くも、どうあがいてみても絆がある。それでいい。母は初婚だがじつは父は再婚なんだよと、わざわざ教えるつもりは、もうない。いつか知って驚け――というのが、父親としてのタカハシの現在のスタンスだ。

独りだから止める者はいない。少し呑みすぎたかもしれない。「十六代九郎右衛門」という木曽の生酒の四合瓶を見つけて購入した。呑み口がとてもいい。つまみは鳥の焼いたのと豚汁しかないので、空きっ腹にぐいぐい入っていく。まあ、いいか。後片づけは明日にしよう。眠い。このまま眠りこけても、薄物のひとつも掛けてくれる者はいない。そうか、もしここで倒れたとして、しばらくは発見されないことになる。本意ではないが、なるようにしかなるまい。

「手術をする必要はないでしょう。お父さんは運がよかったですね」

最初の脳出血で運び込まれた豊科日赤の担当医から呼ばれ、父親の状態について説明を受けた。

「サイレント・エリアからの出血でした」

後頭葉にそういう場所があるのだという。カテーテルとか実際にメスを入れるなど、脳の外科的処置が必要な場合は、ここから入っていくのが常道という。

「もっとも影響の少ない部位で、ここをそう呼ぶのです」

もう二十年も以前の話だから、日進月歩の脳科学でいまもそういう認識が存在するかどうかは請け合いかねる。事実、父親は後遺症に苦しんだし、その後も十五年近く生き、前立腺癌も発症したけれど、最終的にはあの脳出血が遠因となって他界する。

「サイレント・エリアですか――。そういう場所があるんですね、脳に……」

その呼称は、あのときのタカハシにとっての希望だった。だから印象に深く刻まれている。サイレント・エリア――そういう場所があるのだ、と。


「前立腺か脳出血か、いずれにしてもまだ早いだろう」

いかん、四合瓶をほぼ飲み尽くしてしまった。相手もいないのに、酔いの発したタカハシは、盛んにだれかと話している。

「真由子が生まれて、いちばんホッとしたのはおれさね。もっと正確にいえば、男児じゃなくて娘だったってことにさ」

もし、長男だったらどうしようかと考えたら、本気で憂鬱になった。おやじは長男が生まれたとき、飛び上がってよろこんだと、おふくろから何度となく聞かされたものだが、自分のような者がふたりいることに、タカハシは耐えられそうになかった。

「そういえば歯学部入学を辞退して、東京で浪人したいと言ったとき、おやじはなぜ、ああもあっさりと認めたんだろう」

不登校だったにもかかわらず留年することもなく高校を卒えると、タカハシはそのまま上の歯学部を受験し、補欠合格の通知を受け取る。

「あれだけは謎だ。どんな裏技を使ったんだろう」

補欠で合格だと知らされ、父親の執念を感じた。けれどその頃はすでに文学やろうと決めていたタカハシに、もう歯学部へ進学するつもりはなかった。文学やるなら早稲田だろう。一年浪人すりゃ二文（第二文学部）ならなんとかならないか。そんな甘い妄想があった。

補欠合格を辞退し、東京へ出て早稲田を目指す。勢い込んでその考えを宣言すると、父親はあっさりとこれを呑んだばかりでなく、一年間に限り予備校の学費と東京への仕送りをも約束する。これもまた謎だった。その謎を解いてみせたのは、認知の症状が出始めた時期のおふくろだ。

「とうさんが描いた絵の通りになったってことさね。とうさんが偉いだ。おまえが高校を卒業できたのも、歯学部に受かったのも、なにもかも、とうさんとわたしのおかげだんね。感謝しましょ」

おふくろはヘロヘロと笑ってみせた。

九一歳の誕生日を迎えたころ、おふくろは施設の自室で「塗《ぬ》り絵《え》」に専念するようになっていく。そのきっかけは、訪問看護士から誕生日プレゼントにもらったデンマーク製のぬりえ帳だった。細かい幾何模様が際限なく組み合わさって線描きされたものに、タカハシが差し入れた三十六色の色鉛筆を使って、好きに空間を埋めていく作業が気に入ったおふくろは、ベッドの上で日がな塗り絵に没頭していった。それがなかなかの出来映えで、作品が施設の食堂の壁に貼り出されたりするうち、介護雑誌の取材なんかを受けたりするようになる。長男として取材に立ち会わされたタカハシは、朝飯になにを食べたか覚えていなくとも、昔のことはよく憶えていて、記憶していることなら何でもべらべらしゃべる母親に、幾度となくヒヤヒヤさせられる。

附属の大学から補欠合格の通知がきたとき、寄付金の振り込み用紙が同封されていたというのだ。金額は千五百万だったというのだが、そんな話は初めて聞いた。数字を見たおやじは頭を抱えた。

「当時の千五百万だんね。それだって入学金は別だでね。おまえには話すなって口止めされただが、銀行から借りるかどうするかって、とうさんとふたりして悩み抜いただよ。そしたら、おまえが」

「東京で浪人するって言い出したわけか――」

「それだけじゃないだよ。あれはたしかおまえが名古屋の高校へ行って二年目だったと思うがさ、その二年後に地元へ歯科大学が新設されるって話が、内々に郡の歯科医師会へあってさ。

あのとき、ちょうど会長やってたでね、とうさんが」

地元に歯科大学が新設されるということは、いずれは確実に開業医が増えるということで、歯科医師会のなかには新設を警戒する声もあった反面、受験期を迎える子弟を持った者、とくに不出来の長男を持つ親にとっては好都合の話だった。地元開業医の子弟は優先される。試験で一定の成績をおさめれば、寄付金と併せ入学金は一律八百万と決まっていたのだと、これはあくまで認知症のおふくろから聞いた話で裏は取っていないが、だとすれば長男を一年浪人させても、寄付金は半額以下で済むことになる。

「なるほどなあ。しかしだな、おれがもし早稲田の二文に合格していたらだよ、おやじの描いた絵は崩れたろうに」

「ふん、とうさんは見抜いてただわね。受かりっこないし、仮に受かったとして、昼間に働いて夜学へ通うなんてことが、おまえになんかできるわけがないって。水が低いほうへ流れるのと同じで、あいつは楽なほうへ、楽なほうへと行くやつだって」

名古屋から東京の、窓のない三畳ひと間の下宿屋へと、所は替われど相も変わらず映画三昧の暮らしぶりを続けたタカハシは、ついに早稲田の二文さえ受験することなく、暮れに行なわれた選抜試験で地元の新設歯科大学への入学が決まった。あそこが第二の選択——

「早稲田じゃなくても、文学はできるってか……」

いくら旨口でも、日本酒だけでは飽きる。冷蔵庫の缶ビールに手が伸びる。プロセスチーズくらいあったような——タカハシは完璧に酔っている。

父親には父親の夢があったろう。タカハシは長男として、その夢に沿うことはできず、添うつもりもなかった。で、ぐずぐずと六年間も留年をくり返し、挙げ句に大学を辞めて故郷を出奔する。あれが第三の選択——

「結局おやじの描いた絵も図も、木っ端微塵だったなあ」

いざフリーランスのライターを名乗って仕事をもらうと、先々で出会う人間たちの、中退者も含めて早稲田の多いこと、多いこと。善人も、そうでもない人間も、凄いやつから凄くないやつまで、みんな早稲田の出身だから驚いてしまう。

「そう、おれには学歴コンプレックスがある。というよりだな、選択の全般にコンプレックスがある。認めるさ」

面倒だ、今夜は汚した鍋も皿も洗わないと決め、そのまま居間の玉座へ移ろうと、缶ビール片手に食卓から離れて立ち上がった瞬間、七十六キロあるタカハシの躰は、膝から床へと崩れた。

「こりゃあ、まずいな。漱石の猫じゃあるまいし——」

軽口を叩いてみたものの、仰向けに返るのが精一杯で、起き上がれない。やたらと眠くなってきた。その姿勢のまま、酒が抜けるまでしばらく休もうとタカハシは思う。

「おやじにもっと優しくしてやればよかったな。この先は、おふくろにもっと優しくしてやろう……できるかな……」

青木主任はまだ、参照苑にいるのだろうか――

＊

夢だなと、そうは感じているのでした。長い行列ができていて、タカハシは最前列を目前にしています。するとすぐ前に立っていた女が振り向きざま、

「わたしたちは、パンのために列へついているのではありませんよ」

タカハシに語りかけるのです。なんだか見覚えのある顔だなと思いつつ、その女の口元を眺めていると、

「いいですか、列に並ぶのは、パンの順番を待つためではないのです。あなた、思い出しましたか、神の名前を――」

思い出したのは神の名前ではなく、念押ししてくる女の言い草でした。もう気圧《けお》されてばかりいられません。

「そっちこそ神の名前を知っているのですか。知っているとしたら、それはとても不自然なことじゃないか。本当なんですか、神に名前があるというのは」

女は訝しそうに、反論したタカハシをじっと見つめています。

妻の敦子は出産後ひと月ほどは奈良斑鳩《いかるが》の実家に里帰りして、生まれたばかりの真由子の世話を、主に義母のきよ子さんに手伝ってもらっておりました。あるとき、わが子の顔を見に来たタカハシに向かって、義母のきよ子さんが、ベビーベッドに寝かされている生まれたての真由子を示して、

「カツノリさん、見てみ。天井へ向かって何かしきりにしゃべってるやろ。頷いたり、笑ったりしてな。あれな、神様と話をしてんねんで。わたしな、四人子ども生んだけどな、どの子もそうやった。生まれてから四ヶ月くらいまでは神様とお話ができるんよ。天使さんやね。それがだんだんと人間の赤ちゃんになっていって、神様ともようしゃべられへんようになるの」

生まれたときはきっと、だれもが神の名前を知っているのです。人間として生きていくために、その名はいったん忘れなくてはなりません。ところが成長するにつれ、忘れてしまったその名を思い出さねばならぬほどのさまざまな困難や、なんとも苛酷な出来事に次々と見舞われる。そうした連環のなかにわたしたちは生きていて、だから、神様との直通電話を貸してあげよう——などと耳元でささやかれると、どうしたってすがりたくなる。それを責めることはできません。だからタカハシは、彼の女《かひと》に向かって、

「あなたはおれに、なぜ列につかないのかと訊いた。でもあのとき、おれはもうとっくに列へ並んでいて、あなたはそのことを知っていた。順番を待ちながらもがいているおれに、神の

名前を思い出そうとするなら、左手は空けておくことだと忠告した。思わせぶりなあの言葉がどうにも引っかかって、あれからずっと考えてきたけど、やっぱり右手も左手も、どちらもおれなんですよ。たとえ両の手をもがれたとして、それもおれなんです。ちがいますか」

タカハシがどんなに詰め寄っても女は顔色ひとつ変えることなく、

「受け入れる準備ができたのなら、中へ進みなさい。あなたの番がきたのです」

そう言うと左手を延ばし、強くはないのですが、抗うことを許さぬほどの力で、大きく張られた布製のテントの中へと、タカハシの肩を押し出すのでした。

そこは祭礼の日に、穂高神社の境内へ張られるサーカス小屋のようです。

「キグレサーカスか。でも入りたくても、入場料を持っていないんだ」

「そんなはずはありません。右手をよく見てごらんなさい」

そう言われて右手を開くと、タカハシは五百円玉を握っていたのです。あとがつかえているのだから早く進みなさい。女はしきりに急かすのでしたが、もう少しだけ祭りを楽しみたいというタカハシの思いは切実で、五百円玉を右手に握りしめたまま、そこから踏み出せずに、ひたすら逡巡するばかりだったのです。

◇

左手のための小説を右手で書く作業を続けてきたタカハシは、どうあがいても神の名前を思い出せない。しかしそのことを恥じてはいない。頼まずともうろたえずとも、あとわずか、彼はその名を思い出すことになる。
神に名前があるのであれば――

＊本作品は文芸誌『川』に連載した原稿を加筆・訂正し、終章を書き下ろして一冊とした。

たかはし・かつのり

1953年、長野県安曇野市生まれ。
著書に『お月見横丁のトラ』『レストラン藤木へようこそ』（平原社）など。

神《かみ》の名前《なまえ》

2020年 1 月20日初版印刷
2020年 2 月 5 日初版発行

著者　高橋克典
発行者　飯島徹
発行所　未知谷
東京都千代田区神田猿楽町 2-5-9　〒 101-0064
Tel. 03-5281-3751 / Fax. 03-5281-3752
［振替］ 00130-4-653627

組版　柏木薫
印刷所　ディグ
製本所　難波製本

Publisher Michitani Co, Ltd., Tokyo
Printed in Japan
ISBN 978-4-89642-600-7　C0093